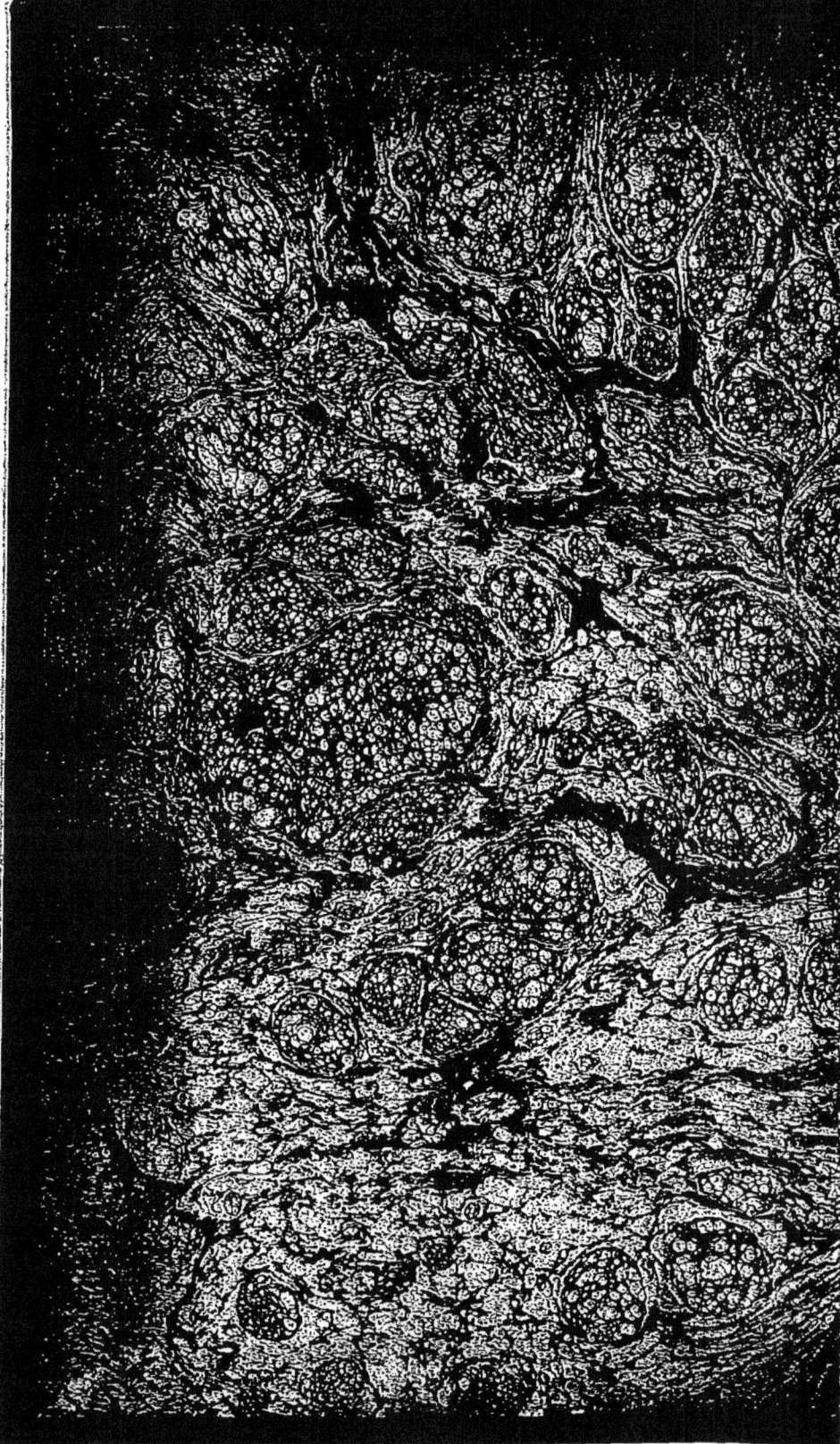

COUP D'OEIL

SUR

L'ÉGYPTE

ET

LA PALESTINE;

PAR ALEX. LACORRE,

EX-EMPLOYÉ A L'ARMÉE D'ORIENT.

  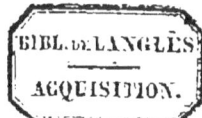

A BORDEAUX,

CHEZ A. BROSSIER, IMPRIMEUR ET MARCHAND DE PAPIERS,

RUE ROYALE, N°. 13.

1807.

juin 1807

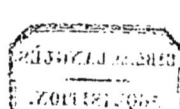 

26

AVERTISSEMENT.

J'AVAIS rassemblé, pendant mon séjour en Égypte, quelques notes que je conservais pour mon usage particulier.

Les ayant communiquées à des personnes estimables de cette ville, entr'autres, à MM. DARGELAS, naturaliste distingué, et LABOUBÉE, avocat et homme de lettres, on m'engagea à les publier, en m'assurant que le public les accueillerait avec plaisir. Je sentis une répugnance d'autant plus grande pour cette entreprise, que j'avais lieu de me méfier de mes forces pour la conduire à bien : néanmoins je cédai. Bravant tous les écueils qui m'attendaient, je publiai, vers la fin du mois de Janvier de cette année, un prospectus qui annonçait l'ouvrage pour le mois de Mars prochain. Cependant je n'avais encore que des notes isolées, qui ne pouvaient, tout au plus, que me guider dans l'arrangement de la matière ; il ne me restait qu'un mois franc pour l'exécution de l'entreprise.

On conçoit qu'un travail fait avec tant de hâte, ne pouvait avoir ni ces ornemens, ni cette séduction de style, que de nos jours on a coutume de rechercher dans les écrits mêmes qui, par leur nature, y sont étrangers. Aussi avouerai-je ici, que je ne pense-guère à m'excuser sur la simplicité de ma diction, attendu que la narration ne saurait se charger dans sa marche rapide, de toutes les fleurs qui conviennent aux autres genres. Je laisserai donc la critique s'exercer à son aise sur le défaut de parure de mon style, sans m'embarrasser de la combattre. Du reste, si elle trouve à redire, j'espère que sa sévérité sera toujours juste.

Je n'ai qu'un mot à dire sur le plan de cet ouvrage : ce sont des faits et des observations que j'ai réunis en aussi grand nombre qu'il m'a été possible, dans un cadre extrêmement resserré.

COUP D'OEIL
SUR L'EGYPTE
ET LA PALESTINE.

Après une navigation assez heureuse, nous découvrîmes les terres d'Egypte: elles sont fort basses; aussi les bâtimens ne s'en approchent-ils qu'avec d'extrêmes précautions, de crainte de s'y échouer. Bientôt nous aperçûmes Alexandrie, dont le nom seul réveille une foule de grands souvenirs. D'abord on croit voir le roi de Macédoine arrivant sur ces rivages après la ruine de Tyr, et jetant les fondemens de cette même Alexandrie, qui doit rendre l'Egypte la nation la plus riche et la plus commerçante de l'univers. Ailleurs, ce sont les maîtres du monde, esclaves tour à tour des charmes de Cléopâtre. Tout près, vous apercevez les monumens du faste et des prodigalités de cette reine voluptueuse, qui se donne enfin la mort pour éviter la honte d'être menée captive à Rome à la suite du char d'Octave.

Ici la tête de Pompée, sanglante et conservant encore toute sa fierté, est présentée à César, qui la repousse avec horreur. Les jours de gloire qui ont lui sur ces contrées,

I

succèdent rapidement aux jours de malheurs qui les ont
affligées.

L'imagination remplie de ces illusions, l'on s'attend toujours à trouver, dans les ruines de cette ville fameuse,
beaucoup de restes de sa grandeur passée, quoique les récits des voyageurs aient prévenu du contraire. Cinq ou six
jolis minarets, plusieurs maisons blanchies qui bordent le
port, cette enceinte formée de tours antiques, et la colonne de Pompée qui domine l'horizon, tout cela entretient les espérances ; mais l'on n'a pas plutôt mis pied à
terre, que le charme cesse. Vous cherchez cette superbe
Alexandrie, l'orgueil de l'Orient et les délices des Romains,
et vous ne trouvez à sa place qu'une ville mal bâtie, sale,
lugubre, dont les rues sont étroites et obscures, à l'exception d'un très-petit nombre, telle que celle du quartier
franc qui est fort belle pour le pays, ainsi que la vaste
place qui l'avoisine. (Je ne reprocherai pas à Alexandrie
de n'être pas pavée, parce que cet inconvénient est com-
mun à tout l'empire ottoman). Le peuple, autrefois si
magnifique, si poli, si éclairé, ne contribue pas à adoucir
ce qu'il y a de hideux dans le tableau que je viens de tra-
cer. Des haillons, des visages maigres et brûlés par le soleil ;
des femmes qui semblent des spectres, avec ces mantes de
toile blanche dont elles sont enveloppées ; des mœurs de
pirates, de la mauvaise foi et de la barbarie, voilà ensuite
ce que l'on rencontre ; ajoutez à cela des troupes de chiens
d'un aspect sinistre, qui sont errans par les rues, et qui
fuient en hurlant dès qu'on les approche.

La population de cette ville, qui était autrefois de
900 mille ames, non compris les esclaves, est réduite
à 14 ou 15 mille. Les jardins, les belles campagnes, les
promenades magnifiques qui ornaient les environs, sont

changés en solitudes affreuses; des sables arides ont tout
enseveli, et l'on n'aperçoit çà et là, pour toute végétation, que quelques misérables dattiers. Si l'on desire avoir
des détails plus satisfaisans, que l'on consulte Volney, il a
peint Alexandrie trait pour trait. Pour moi je me suis pro-
posé, dans le travail que j'entreprends, de rapporter des
faits ignorés ; je n'ai donc pas besoin de répéter ce que
tant d'autres ont dit avant moi.

Un européen, habitué à voir des prairies émaillées de
fleurs, des bocages et de la verdure, ne peut se défendre
d'un sentiment de tristesse à la vue de cette côte aride, et
des décombres qui sont autour de la ville dans une étendue de plus de deux lieues. Des colonnes renversées, d'autres debout, d'autres brisées, des chapiteaux épars, des
entablemens amoncelés, des catacombes, des citernes qui
servent à approvisionner d'eau la ville, et qui se remplis-
sent lors de la crue du Nil, et les restes des bains de Cléopâtre, occupent tout cet espace; quelques tombeaux modernes sont placés de distance en distance.

Cependant, au milieu de ces ruines, s'élève majestueu-
sement la colonne de Pompée. Elle a 114 pieds d'élévation, y compris le soubassement et le chapiteau qui est
d'ordre corinthien. Le fût, d'un seul bloc, a 90 pieds de
haut, sur 24 de circonférence ; il est de granit rouge
comme tout le reste, et aussi poli qu'une glace. Ce monument, que le temps semble avoir respecté, à l'exclu-
sion de tant d'autres, penche de deux pouces environ vers
l'orient, ce qui a sans doute occasionné l'éclat que l'on
voit à sa partie inférieure du même côté.

Je ne saurais exprimer l'effet imposant que produit cette
colonne au milieu de ces solitudes. Elle s'aperçoit de fort
loin, et sert de reconnaissance aux bâtimens qui s'appro-

chent des côtes. Savary n'a pas manqué de s'en passion-
ner. Il en parle comme un amant d'une maîtresse, et dit
que si elle était sur une des places de Paris, on se met-
trait à genoux devant. La même chose lui arrive au sujet
des bains de Cléopâtre, qui, à la vérité, sont fort beaux,
mais n'ont pourtant rien de surprenant pour exciter les
sensations extraordinaires qu'il prétend avoir éprouvées en
s'y baignant, à moins que le souvenir de Cléopâtre, qu'il
a sans cesse présente à la mémoire, n'ait eu une influence
véritable sur ses organes; et je crois qu'il fait lui-même
cet aveu, autant que je puis m'en souvenir.

L'enthousiasme de ce voyageur pour l'antiquité, l'a
empêché de remarquer les défauts du monument dont il
est question, lequel appartient d'ailleurs à une époque où
les arts, principalement l'architecture, avaient déjà perdu
de leur pureté primitive. On ne peut nier que le fût de
cette colonne ne soit d'un bon goût, quoique pas assez
dégagé; mais le chapiteau, qui est lourd et trop petit,
nuit singulièrement à l'élégance de l'ensemble.

Je me garderai bien d'adopter l'opinion vulgaire, qui
veut que César ait élevé cet édifice pour honorer la mémoire de Pompée, et marquer par là l'endroit même
où il fut assassiné. Savary a très-bien prouvé que cette
colonne est fort postérieure au temps de César, et l'on
sait en outre, que son illustre et infortuné rival fut mas-
sacré à Péluse, par les ordres de Ptolomée-Aulète, et non
à Alexandrie. Ainsi, il est hors de doute que ce monument n'ait été élevé à la clémence d'Alexandre Sévère,
empereur des romains, par les *Alexandrins*, auxquels
il pardonna, au lieu de les punir d'une révolte où ils étaient
entrés contre lui. C'est donc très-improprement que l'on
dit *Colonne de Pompée*.

Le général *Bonaparte* fit réparer quelques dégradations, que la malveillance ou le temps avait occasionnées à la base de cette colonne; ce qu'il n'est pas inutile d'observer, pour prouver que cet esprit d'ordre et de conservation, cet amour des arts sont naturels aux grands génies et les accompagnent en tous lieux.

A quelques centaines de pas hors la ville et près de la mer, sont deux obélisques de granit, communément appelés *Aiguilles de Cléopâtre*. L'un est debout et bien conservé, mais l'autre est renversé et rompu par le milieu: les sables le recouvrent en partie; ils sont tous deux chargés de caractères hiéroglyphiques; leur hauteur est de 67 pieds, d'un seul jet, non compris la base qui est enfouie.

En parcourant ces ruines, qui attestent si évidemment que rien ne résiste au torrent des siècles, ni les ouvrages les plus solides, ni les villes, ni les empires les plus superbes, on se dit avec effroi: « Un jour, des voyageurs cher- « cheront aussi, sous de vastes décombres, les vestiges « de nos cités les plus opulentes. » C'est alors que l'on considère de près la vanité des grandeurs humaines, et tout ce qui constitue la renommée des états. Il n'y a que les vertus, les grandes actions et le génie qui soient impérissables; eux seuls survivent à la destruction générale.

En visitant l'intérieur d'Alexandrie, ce que l'on trouve de plus remarquable, c'est *le phare*, mis anciennement au nombre des merveilles du monde, et qui servait à annoncer l'arrivée des vaisseaux, au moyen d'une glace d'acier poli qui les réfléchissait à une distance de plusieurs lieues en mer. Des écrivains prétendent que l'espèce d'isthme sur lequel il est construit, formait autrefois l'île connue sous le nom de *Pharos* (d'où est venu le mot *phare*), et que

cette île était assez éloignée du Continent ; mais ce fait ne
porte pas un caractère d'authenticité, et il est permis de
de ne pas y ajouter foi.

Cet édifice a été réparé tant de fois, qu'il n'y a de véritablement ancien que ses fondemens et quelques pans
de murs çà et là ; néanmoins, dans sa décadence, il a conservé beaucoup de majesté. Il était en assez mauvais état à
notre arrivée, et servait à la fois de fort et de fanal. Trois
pièces de canon mal montées, mal servies, et dépourvues
souvent de munitions, ne devaient pas rendre cette forteresse très-formidable ; mais par nos soins elle le devint.
Ce phare sert à défendre l'entrée du port neuf, à l'extrémité duquel il est situé.

Alexandrie, malgré l'état de dépérissement où elle est
tombée, fait cependant un commerce très-considérable
avec le Levant et les nations de l'Europe, principalement
avec la France. On y charge du blé, des légumes, du riz,
du coton, de l'ivoire, des plumes d'autruche ; enfin, toutes les marchandises qui viennent des Indes par la voie de
Suez, celles de la Mecque et de l'Abyssinie qui arrivent au
Caire par les caravanes, et qui sont expédiées par eau de
cette dernière ville sur celle-ci, où elles sont entreposées.
Les dattes sèches sont encore une branche de commerce
assez étendue. Les bâtimens d'Europe apportent des draps,
du fer, du plomb, du cuivre, de la quincaillerie, de la
faïence et de la verrerie. Trieste est presque exclusivement
en possession de fournir ce dernier article. L'horlogerie n'a
plus une aussi grande faveur qu'autrefois, depuis que
les montres sont devenues si communes. J'allais oublier
la papeterie, qui a un débit toujours très-soutenu. Les
vins ne font pas fortune ; le peu de consommateurs qu'il
y a, préfèrent *le Chypre, le Ténédos,* et les autres plus

communs de l'Archipel. Cependant la Provence expédie de temps en temps quelques tonneaux de vin.

C'est assez dire, pour prouver combien la situation de cette ville est avantageuse pour le commerce. Elle a deux ports qui reçoivent les vaisseaux, le port vieux et le port neuf. Dans le premier, qui est assez commode, malgré le peu de soin que l'on en prend, il n'entrait que des Musulmans. L'autre était pour les Chrétiens, justement parce qu'il est très-mauvais, et que dans la moindre tempête les bâtimens y éprouvent toutes sortes d'avaries. Il a d'ailleurs très-peu de fonds. Voilà les idées libérales qu'ont les gouverneurs de ce pays, et de quelle façon ils favorisent les étrangers. Si ces deux ports étaient entretenus et réparés, ils attireraient une fois plus de bâtimens; mais les Turcs laissent tout détruire et ne savent pas réparer.

Une chose qui nous étonna étrangement, ce fut d'entendre la plupart de ces habitans, dont le costume, les usages et la langue diffèrent tellement des nôtres (1), parler si facilement provençal, qu'on les prendrait pour de vrais provençaux. Ils ont la même façon de s'exprimer, copient parfaitement tous leurs gestes, et imitent surtout ce tour plaisant et goguenard qu'ils prennent dans la con-

---

(1) Ils ont les airs et la démarche arrogante des peuples de Tunis et d'Alger. Leur costume ressemble également à celui de ces Barbaresques. Ils portent la veste à la grecque, le caleçon large, la barbe courte et taillée à l'antique. Leur turban est arrangé avec beaucoup de grâce; leurs manières sont aisées, et leur tournure avantageuse. Ils ont autant de vivacité que les autres Égyptiens sont tranquilles et posés. Tant de conformité avec les peuples de la Barbarie, ferait présumer que les *Alexandrins* en sont originaires, et cela n'aurait certainement rien d'étonnant, puisque les sables de Barca se confondent avec ceux de l'Égypte.

versation , ce qui est très-comique à voir. Il ne l'est
guère moins d'écouter ces Provençaux travestis, qui au
reste sont très-spirituels et très-enclins à la raillerie, se
vanter de savoir très-bien parler français, s'imaginant sans
doute que le patois provençal est notre mère-langue. D'a-
près cela, il leur est bien permis de croire, comme ils le
font, que Marseille est notre capitale. Ils n'ont à la bouche que le nom de cette ville, et ne voient qu'elle en
France.

Mais à considérer les choses au sérieux, c'est un grand
avantage dans une ville aussi barbare, que de pouvoir se
faire comprendre sans interprète : cela vous raccommode
un peu avec le pays.

Les *Alexandrins* sont très-propres au commerce, et
c'est en quoi ils n'ont pas dégénéré de leurs ancêtres. Il
est vrai que chez les hommes l'intérêt ne se perd jamais;
mais enfin, je veux dire qu'Alexandrie pourrait marquer
encore par l'industrie de ses habitans, si l'Egypte était
sous une domination européenne.

Cependant, avant la fondation de cette ville, les Egyptiens n'avaient presque pas de commerce et ne communiquaient avec aucune nation. Ils avaient même une sorte
d'horreur pour la mer, qu'ils regardaient comme le séjour
de Tiphon, leur dieu malfaisant.

Ainsi, il fallait l'ascendant d'Alexandre, de cet homme
extraordinaire qui conquit le monde avec une poignée de
soldats, pour vaincre les préjugés d'une nation, qui depuis des milliers d'années s'était plue à vivre isolée du reste
de la terre.

L'observateur qui voudra comparer les premiers temps
de l'Egypte à ceux des Ptolomée, c'est-à-dire, la pros-
périté de Thèbes et de Memphis avec celle d'Alexandrie,

verra quels changemens un commerce aussi étendu que le sien, apporte dans les mœurs, dans le caractère et dans l'existence politique d'un peuple. J'observerai seulement, que si Thèbes et Memphis étalèrent moins de luxe et de faste, eurent moins d'éclat que la capitale des Ptolomée, elles furent plus long-temps florissantes, et montrèrent une magnificence plus réelle. L'Egypte, après l'établissement d'Alexandrie, fut précisément dans le cas d'un riche laboureur, qui ayant long-temps vécu dans l'abondance et la simplicité, convertit ses biens, sa bonne ferme et ses denrées en capitaux, pour se jeter tout à coup dans des spéculations, qui à la vérité l'enrichissent au centuple et le font briller, mais qui lui attirent mille envieux. Sa fortune prodigieuse donne l'éveil à la cupidité, et il s'en voit enfin dépouillé par violence.

Est-ce donc véritablement un service qu'Alexandre rendit aux Egyptiens, en leur inspirant le goût du commerce? Pour moi je n'oserais décider la question. Quoi qu'il en soit, il est certain que cet événement influa d'une manière très-sensible sur les destinées du monde, et les nations de l'Occident doivent avoir obligation au fondateur d'Alexandrie, puisque cette fondation prépara leur civilisation, et les tira de la barbarie où elles seraient peut-être restées plus long-temps.

Je crois qu'il est bientôt temps que je porte ailleurs l'attention du lecteur. J'ai dit tout ce qui peut intéresser sur Alexandrie; il me reste à en parler comme place de guerre. Sous ce rapport, elle était absolument nulle à notre arrivée: nous l'avons mise dans un très-bon état de défense, et les différens forts et autres ouvrages que nous y avons construits, ne démentent pas l'habileté des ingénieurs français. C'est dommage que l'enceinte de cette ville exige trop de troupes pour sa garde.

Mettons-nous en marche pour Rosette. La voie de terre
est extrêmement pénible à travers ces déserts, surtout
pour un européen nouvellement débarqué. Outre la rencontre des Arabes-Bédouins (1), à laquelle on est exposé,
il y a douze mortelles lieues de trajet d'Alexandrie à Rosette, et vous n'avez qu'un seul village où vous puissiez vous
rafraichir : l'eau y est excellente, et l'on y mange une sorte
de petit poisson qui fait grand plaisir, quoique assez mal
accommodé par les paysans. Je ne compte pas Aboukir
pour un lieu de rafraichissement, car très-souvent il n'y
a même pas d'eau. Ce village est à peu près à moitié chemin de l'une à l'autre ville ; il est très-misérable et bâti
en terre. Le fort qui est devant, sur le bord de la mer,
était pitoyable, et tous nos efforts n'ont pu le rendre que
médiocre, les localités s'opposant à ce qu'il soit meilleur.

La plupart des voyageurs préfèrent se rendre à Rosette
par eau ; il est infiniment plus commode, en effet, de
choisir cette voie, mais elle a aussi des inconvéniens que
l'on n'aperçoit pas d'abord, et qui sont pour le moins
aussi terribles que les Arabes, la soif et les sables brûlans.
J'en parlerai tout à l'heure. En sortant du port neuf
d'Alexandrie, vous laissez derrière vous le lac Maréotis,
dont les bords étaient jadis si rians : il n'est plus maintenant qu'une croûte saline qui fatigue la vue par la réverbé-
ration des rayons du soleil. Il reste desséché une grande
partie de l'année, c'est-à-dire, tout le temps que le Nil
ne déborde pas. Près d'Aboukir, vous voyez le lac Madieh,
dont l'eau est salée ou plutôt saumâtre, comme celle de
tous les lacs d'Egypte, situés dans le voisinage de la
mer, par la raison que les eaux de la Méditerranée, qui
sont au niveau des terres, refluent au moindre vent dans

(1) Bédouin, en arabe *Bedaoui*, signifie *homme du désert.*

ces lacs, dont l'eau devrait être douce, puisque elle vient du Nil. Il y a lieu de croire qu'autrefois on entretenait des digues pour empêcher ce mélange; mais la mer les a détruites, et la négligence des habitans actuels l'a laissé agir, sans songer à s'opposer à la fureur de cet élément. Quelque jour toute la Basse-Egypte sera ensevelie sous les eaux.

A une demi-lieue d'Aboukir, le lac Madich se répand dans la Méditerranée par une embouchure fort large. Au-delà est la maison carrée, espèce de caravanserail, d'une construction très-médiocre; mais que les voyageurs qui vont par terre sont bien aises de trouver pour se reposer; elle est à un peu plus de cinq lieues de Rosette.

De l'embouchure du lac Madich, on vient rapidement à celle du Nil, lorsque le vent fraichit bien. Tout à coup vous vous sentez agités violemment; votre bâtiment éprouve des secousses, il dérive, il n'a plus de marche certaine; l'air souffle de tous les côtés avec une égale impétuosité; les flots de la mer semblent se conjurer pour s'opposer à votre passage, et les marins épouvantés crient plusieurs fois, *Bogaz! Bogaz!* C'est un banc de sable, nommé *Barre* dans le pays, qui, s'étendant d'une rive à l'autre du fleuve, l'empêche de se jeter librement dans la mer. L'effort qu'il fait pour la franchir le rend furieux; il se précipite avec fracas, et on l'entend à plusieurs lieues. Ce passage est si dangereux, qu'il dégoûte les bâtimens européens de remonter le Nil. C'est encore à l'insouciance du gouvernement, qu'il faut attribuer l'encombrement de cette bouche du Nil, qui deviendra tel à la fin, que les plus légères barques n'y pourront passer. Cette bouche se nomme *Bolbitine* ou *de Rosette.*

Un spectacle effrayant à voir, ce sont les bâtimens et

les *djermes* (1) échoués à l'entrée du *Bogaz*. J'en comp‑
tai six lorsque nous y passâmes, et nous faillîmes à
en augmenter le nombre. L'eau du Nil donne à la mer la
couleur de ses eaux dans une étendue de trois à quatre
lieues ; et en se mêlant avec elle, il semble, non un tri‑
butaire, mais un roi superbe, un despote d'Orient qui
vient visiter son épouse. Une fois le *Bogaz* passé, tout
redevient calme ; on croit entrer dans un monde nouveau.
Au tumulte, aux écueils, aux mugissemens de la mer et
des flots en courroux, succède l'image de la paix et du
bonheur champêtre. Les plaines arides et sablonneuses ont
disparu tout à coup pour faire place à des campagnes ma‑
gnifiques, qui vous rappellent la délicieuse vallée de Tem‑
pé. Le Nil n'est plus ce fleuve indomptable et fougueux
qui, naguère, menaçait de vous engloutir ; c'est le père
de l'Egypte ; c'est un fleuve majestueux qui promène len‑
tement ses eaux entre deux rives toujours vertes, om‑
bragées et couvertes de nombreux troupeaux. Quel chan‑
gement dans un si court espace ! Vous arrivez à Rosette,
qui est à deux lieues du *Bogaz*. Cette ville, qui tient le
troisième rang après le Caire, et le premier pour l'a‑
grément et les commodités de la vie, est située sur le
bord occidental du Nil, vis‑à‑vis le Delta. C'est, sans
contredit, le plus agréable séjour de l'Egypte, surtout
pour un européen. L'abondance, la fraîcheur, les ma‑
nières polies et affables des habitans, la douceur de leurs
mœurs sont les premières choses qui vous frappent. Tout
cela contraste singulièrement avec la maigre Alexandrie,
et avec le caractère brusque et l'air altier de ses ha‑
bitans. J'ai dit ailleurs que les *Alexandrins* portent la

_____

(1) *Djerme*, barque égyptienne.

veste courte et les caleçons à la grecque : ici on porte
une robe longue et ample, qui descend jusqu'aux talons ; elle est de toile bleue pour la classe laborieuse,
et de laine noire pour la classe aisée. Les plus pauvres
n'ont qu'une sorte de blouse bleue qui leur vient jusqu'aux
genoux, et qu'ils serrent au-dessus des hanches avec une
ceinture de laine ordinairement rouge ou blanche, ou
avec une ceinture de cuir. Un cordonnet en soie, passé
en forme d'X sur les épaules et par-dessous les aisselles,
retient au-dessus du coude les manches qui sont fort
larges. Le turban est roulé en gros boudin autour de la
tête. Les riches portent des pelisses en drap, doublées de
satin. Les femmes du peuple portent une robe gros
bleu, qui leur sert à la fois de chemise et de vêtement.
Un *borgo*, ou voile de taffetas noir, qui s'arrête derrière la tête, et descend depuis le front jusqu'au bas
de la jambe, cache entièrement leur figure. Les dames sont vêtues en soie et en drap : ces costumes sont
communs au reste de l'Egypte. Il se trouve bien à
Alexandrie des gens qui suivent la même manière de se
mettre ; mais on en voit peu, et la plupart ne sont pas des
Alexandrins. Quant aux femmes, elles ont le même
costume dans tout le pays, excepté qu'à Alexandrie, les
robes des femmes du peuple, au lieu d'être couleur gros
bleu, comme partout ailleurs, sont de toile blanche;
ce qui les fait paraître autant de spectres, comme je l'ai
déjà dit plus haut.

La ville de Rosette, en arabe *Raschid*, est bien bâtie ;
les maisons sont régulières, assez hautes, et construites en
briques cuites. Les rues sont propres, pas trop serrées, et
couvertes la plupart en treillages et par des nattes, pour

empêcher le soleil d'y pénétrer ; aussi peut-on dire qu'on s'y promène aussi fraîchement que sous un berceau.

C'est donc ici que l'on peut prendre une idée de l'Egypte. Le voyageur qui ne verrait qu'Alexandrie, et qui, par cette ville seule, jugerait du reste (comme il est arrivé), serait complettement dans l'erreur. Rosette est la fille bien-aimée du Nil qui baigne ses prairies, et semble se complaire devant ses murs : Alexandrie, au contraire, réléguée au milieu des déserts, est comme un enfant abandonné de sa famille.

Des auteurs ont prétendu que Rosette était bâtie sur les ruines de l'ancienne Canope, si célèbre par ses fêtes et l'adoration du vase sacré, surmonté d'une tête de bélier. Cette opinion est fort hasardée ; et si l'on réfléchit sur la position de Canope, on se convaincra que ce n'est pas là qu'il faut chercher ses vestiges. Rosette n'offre presque rien qui puisse satisfaire la curiosité ; seulement quelques colonnes, sur lesquelles plusieurs écrivains ont beaucoup philosophé, mais qui ne prouvent que les ruines d'un édifice, dont on ignore le nom et la destination. Ainsi, que l'on ne se donne pas des peines inutiles pour découvrir l'antiquité de cette ville ; elle ne remonte guère au-delà du temps des Croisades. Elle est très-abondante en toutes sortes de fruits dont elle fournit le Caire. Ses dattes, ses oranges, ses bananes, ses belles pêches sont en grande renommée. Les herbages y sont excellens ; le gibier et la volaille y sont à vil prix, et la tourterelle, comme dans toute l'Egypte, y est singulièrement commune et privée, au point qu'elle vient dans les cafés ramasser les miettes de pain. Notre arrivée diminua bien la confiance de cet animal.

Mais ce qui plaît davantage en cette ville, ce sont

ses jardins qui sont vraiment charmans : ils se composent pour la plupart de hauts palmiers, entremêlés de
citronniers, d'orangers, de cédras et de bananiers. Il
y a quelques carrés pour les fleurs, telles que la rose, dont
on fait plusieurs moissons. On en fabrique ces essences,
qui vont d'abord au Caire, où elles sont perfectionnées,
et qui de là se répandent dans tous les *harems* (1) de l'O-
rient. L'acacia étend aussi ses rameaux chargés de fleurs ;
elles donnent une odeur très-suave, et paraissent de loin
autant de petits clous d'or. Ce bel arbre est l'ornement
des campagnes d'Egypte. Tout est silencieux ; tout est
frais et touffu dans ces jardins. L'art n'y a jamais aucune
part ; c'est la nature simple et aimable, comme aux premiers jours du monde, qui a tout arrangé selon ses ca-
prices. Les promenades sur les bords du Nil, surtout le
soir, ne divertissent pas moins. Au nord, en descendant
du côté du *Bogaz*, vous trouvez de jolies métairies, des
maisons de campagne, des prairies, des bouquets de dattiers ; vous rencontrez à chaque pas des hommes qui tra-
vaillent gaiement leurs champs ; vous vous égarez dans des
sentiers étroits et bien ombragés ; vous vous croyez dans
votre patrie, et non sous le ciel brûlant de l'Afrique : on
jouit, on est heureux. Il est vrai que les Arabes peuvent
interrompre cette rêverie ; mais on a soin de ne pas trop
s'éloigner, car ils rodent partout, et vous atteignent souvent au moment où vous y pensez le moins. A trois quarts
de lieue de la ville, est le vieux château de *Raschid* (2),

_____

(1) *Harem* signifie l'appartement des femmes. Le mot de sérail ne
s'emploie qu'en parlant des appartemens des femmes du grand seigneur. On s'en sert aussi pour désigner la cour ottomane.

(2) Nous lui avons substitué le nom de *Fort-Julien*, en mémoire
du général Julien, assassiné par les Arabes.

que nous avons réparé, et dont nous avons fait un fort ;
il défend l'entrée du Nil.

Vis-à-vis Rosette, proche du Delta, est une petite ile
où l'on peut se promener en toute sûreté, et où l'on n'a
pas à craindre les Bédouins. Cet endroit est très-fertile,
principalement en fourrages, légumes, et melons d'eau
ou pastèques. Les dattiers y sont fort serrés, de manière à
former plusieurs longues allées, où l'on est tout-à-fait à
l'ombre. Nous avions établi dans cette ile un lazaret assez
commode.

Le Delta n'est qu'à deux pas de là : si l'on veut, on y
va prendre le plaisir de la chasse. Les sangliers s'y voient
par troupes ; ils sont prodigieux et fort dangereux : les
Turcs ne chassant pas, ces animaux meurent de vieillesse
dans leurs marais.

A l'ouest, les sables ont considérablement empiété sur
les bonnes terres ; ils semblent presser Rosette contre le
Nil et vouloir l'y précipiter. D'immenses collines, que les
vents élèvent et déplacent chaque jour, menacent cette
ville d'un encombrement. Il est même consommé au sud,
où le sable a comblé le chemin qui conduit à une jolie
mosquée qui est sur le bord du Nil : on n'y passe qu'avec
peine. Cependant la promenade de ce côté n'en est pas
moins agréable, et ce contraste de verdure et de stérilité
qui l'environnent, n'en devient que plus pittoresque. Les
arbres et les prairies acquièrent un nouveau charme à nos
yeux ; et n'en sont que plus précieux.

D'ailleurs, on peut jouir d'une vue magnifique. Sur
une de ces collines s'élève une vieille tour à demi-ruinée,
appelée *Abou-Mandour*. De son sommet, vous découvrez tous les environs, les campagnes, le Nil et le Delta,
Aboukir, et les vaisseaux qui y sont au mouillage.

Rosette renferme une population d'environ vingt mille ames. On y compte beaucoup de Copthes, de Chrétiens, de Grecs et de Juifs. Il y a deux synagogues et une petite église desservie par un capucin. Les Chrétiens y sont tous riches, et font avec les Grecs une grande partie du commerce, qui est considérable, principalement en riz, dattes, fruits de toutes espèces, et coton. On expédie sur le Caire, et l'on reçoit de cette ville les commissions et les marchandises pour Alexandrie. Il se fait aussi un grand débit de poisson salé, qui se pêche dans le lac Menzalé, et dont les Arabes consomment la majeure partie. Ce poisson est infect, au point que les chiens n'y veulent pas toucher. Il est en outre fort mal proprement préparé ; mais les consommateurs, et surtout les Arabes, ne sont pas dégoûtés pour si peu de chose. Il y a plaisir à les voir se régaler d'un de ces poissons ; ils s'en lèchent les doigts pendant plusieurs heures.

Cette ville, distante de 40 lieues du Caire, est en singulière vénération parmi les Musulmans, parce qu'ils croient que si la sacrée Caâbé, ou maison du prophète, venait à être profanée, son tombeau serait transféré à Rosette.

Damiette est à 51 lieues à l'est de la dernière ville. On peut s'y rendre par le lac Burlos et Lesbéh (1), ou par mer : elle est à 50 lieues d'Alexandrie, et sur l'une des bouches orientales du Nil. Son port est très-beau et très-fréquenté. Après le Caire, c'est la ville la plus riche et la plus commerçante de l'Egypte : les campagnes y sont fort belles ; on y voit une place en croissant, qui ressemble un peu à nos jardins publics ; elle sert de promenade et de

_____

(1) C'est une petite ville, devant laquelle nous avons établi des fortifications pour protéger les côtes de Damiette.

marché. Le pays abonde en toutes sortes de choses nécessaires à la vie ; mais le riz fait la principale richesse des habitans : on en charge pour toutes les nations de l'Europe et de l'Asie. Sans les rizières, l'air serait très-sain à Damiette, car il est vif : néanmoins, le peu de fièvres qu'il y a n'ont jamais de mauvaises suites, et sont même de courte durée. On a remarqué que les enfans en bas âge, quelques adultes et des personnes d'un tempérament faible, en étaient seuls attaqués. Les Grecs composent le tiers de la population, et presque tout le commerce passe par leurs mains. Cette ville contient à peu près 45 mille habitans; elle est à 40 lieues du Caire, et à demi-lieue environ des ruines de l'ancienne, que St. Louis prit l'an 1249, et qui fut rasée dans la suite par les Sarrazins.

A une journée de Damiette on trouve Mansourat, grande et forte ville, si fameuse dans l'histoire des Croisades, par le malheur de St. Louis. Elle n'est plus aussi considérable, ni aussi fortifiée qu'autrefois ; néanmoins, telle qu'elle est, on en peut tirer un grand parti pour des opérations militaires. En cotoyant le Nil par terre, jusqu'au Caire, on trouve sur son chemin un nombre infini de gros bourgs et de villages. Les campagnes sont magnifiques ; mais comme on a toujours ces malheureux Arabes-Bédouins à craindre, les voyageurs préfèrent aller par eau. Il n'y a pas de pays où les frais de transport par cette voie soient à si bon marché, et où l'on voyage plus commodément. On prend à Rosette et à Damiette de grandes barques appelées *Maïch*, en arabe. Ces bâtimens, qui sont fort longs, et larges en proportion, ont plusieurs chambres, où l'on étend des nattes, des tapis et des matelas pour se coucher; de manière qu'on peut dire qu'on y est aussi à l'aise que chez soi : c'est à peu près comme

les chambres de passagers des vaisseaux et des gros bâtimens
européens. Comme il n'y a point d'auberges pour s'arrêter sur la route, et que l'on n'en connaît même point
l'usage dans toute l'Egypte (à moins que l'on ne veuille
nommer ainsi les okels et les caravanserails, qui n'ont
que les quatre murailles), on est obligé de traîner à sa
suite un attirail qui n'en finit plus : matelas, coussins
pour le jour, nattes, tapis, vivres et batteries de cui-
sine avec le bois pour la faire ; voilà, sans doute, de graves inconvéniens pour des gens habitués à ne porter en
voyage que leur bonnet de nuit. A la longue on s'y ha-
bitue, et l'on y trouve même plus d'un avantage, qu'il
n'est pas nécessaire que je détaille ici.

Vous avez encore les *Djermes*, qui sont innombrables
sur le Nil ; elles sont fort légères, et servent particulièrement pour les communications d'une rive à l'autre : on
les emploie également pour toute l'Egypte, au charge-
ment des marchandises de toutes espèces ; et quand les
rays ou patrons ont des voyageurs, ils font, avec des
feuilles de dattier, comme une sorte de berceau, qu'ils
entrelassent de branches, ou qu'ils couvrent de nattes ou
de tapis, et l'on vogue encore très-agréablement là-de-
dans. Un voyage pareil de Damiette ou de Rosette au
Caire, vous coûte 20 médins (1) ; et 12 ou 15 pour un
pauvre *fellah* (2) ; sur les *Matchs*, on paye une trentaine
de médins, et cela pour faire 40 lieues. Toutes ces barques vont à la voile ; mais lorsqu'il n'y a pas de vent, les
matelots sont obligés de les traîner à la corde pendant des
journées entières, ce qui est un vrai travail de forçats.

(1) Le *médin* ou *parat* vaut un sol.
(2) Paysan.

Dans le trajet de Rosette au Caire, les yeux ne sont pas moins charmés, à l'aspect des campagnes qui bordent cette branche du Nil; cependant la rive orientale est la plus vivante : à chaque pas vous rencontrez des villes et des villages extrêmement peuplés, et tous les habitans rangés sur le rivage pour vous voir passer. Lorsque nous montâmes pour la première fois, nous étions sur un aviso : c'était peut-être, depuis fort long-temps, le seul bâtiment armé en guerre qu'eussent vu ces hommes à demi-sauvages; car dès qu'ils eurent aperçu nos pièces de canon, ils s'enfuirent tout épouvantés, en se poussant et se renversant les uns les autres, et en jetant des cris affreux. En un instant, la plage et les villages étaient déserts: nous avions beau les rassurer par des signes d'amitié, rien ne pouvait les faire revenir de leur frayeur; s'imaginant, au contraire, que c'était un piége que nous leur tendions, ils s'éloignaient encore davantage. Voici une autre preuve de l'état sauvage de ces habitans, de ceux surtout qui vivent dans l'intérieur des terres.

A l'époque dont je parle, le Nil était fort bas; notre aviso n'avançait qu'avec une peine incroyable, et nous ne faisions guère plus de 5 lieues par jour : aussi employâmes-nous près d'une quinzaine à ce voyage, que l'on termine ordinairement en 24 heures ou 36 heures au plus, quand les eaux sont belles, et le vent tant soit peu frais. Le soir, au coucher du soleil, nous jetions l'ancre au milieu du fleuve, pour éviter toute surprise du côté de la terre. Les vivres nous ayant manqué dès le quatrième jour, nous allions en acheter dans les campagnes, aussitôt que nous étions arrêtés. Pour cet effet, nous nous dirigions sur le premier village que nous apercevions, avec un drapeau blanc à notre tête, en signe de paix et d'amitié.

Les paysans, que notre approche, et surtout nos armes avaient fait fuir, revenaient peu à peu, rassurés par la couleur qui flottait devant nous. Le plus souvent, nous ne trouvions que le Scheik-el-Béled (1), avec quelques vieillards, que les Égyptiens mettent partout pour en imposer, et une dixaine de grands gaillards à barbes noires, que la multitude peureuse qualifiait sans doute d'intrépides. Les femmes et les enfans étaient retirés dans les maisons, et poussaient des cris comme si nous eussions mis le pays à feu et à sang. Or, il arriva plusieurs fois, qu'après être parvenus, à force de persuasion, à obtenir des vivres, nous vîmes notre argent refusé comme étant de mauvais aloi, notamment nos *louis*, que ces gens prenaient pour du cuivre, et qu'ils disaient que nous voulions leur donner pour de l'or. Et le plus divertissant, c'est que dans les villes et les gros bourgs, c'était des orfèvres qui prononçaient la condamnation de nos *louis*; d'où l'on peut conclure que ce sont de grands connaisseurs et d'habiles ouvriers. Ils acceptaient quelquefois notre argent, c'est-à-dire, nos écus de 3 l. et de 6 l., mais après les avoir tourné, retourné et examiné cent fois, et se les être passés de main en main pendant une heure, encore n'étaient-ils pas bien sûrs que ce fût de l'argent : ils n'accueillaient que les piastres d'Espagne, parce que cette monnaie est extrêmement répandue dans tout le Levant ; aussi nous disaient-ils jusqu'à satiété, lorsque nous leur en présentions: *Bon ! ah voilà de bon argent ; donnez-nous-en toujours comme celui-là.* Pour les *louis*, ils n'en voulaient pas ; et ils s'étaient si fortement mis dans la tête que c'était du cuivre, et que nous cherchions à les tromper,

---

(1) Espèce de chef ou maire de village.

que jamais, pendant les trois ans et demi que nous demeurâmes en Egypte, ils ne purent consentir à les recevoir, malgré tout ce qu'on leur eût dit pour les tirer de l'erreur où ils étaient. Croira-t-on qu'ils préféraient à cet or les boutons de cuivre de nos habits? Ils avaient été s'imaginer que nous mettions ainsi en évidence notre véritable or, pour donner le change, dans le cas où nous serions pris par l'ennemi, et faire croire que ce n'était qu'un métal de peu de valeur. Avec ces boutons, nous avions tout ce que nous desirions. Un employé à la trésorerie m'a assuré, que lorsque les receveurs firent leur tournée dans ces provinces, pour la levée du *myri* (1), on leur présenta ces mêmes boutons en paiement. Le refus que firent ces préposés de les admettre dans leurs caisses, discrédita un peu cette monnaie ; néanmoins les habitans ne cessèrent pas pour cela de nous importuner pour en avoir. Les femmes s'en servaient comme d'ornement ; elles s'en mettaient sur leur turban, sur le nez et à leurs cheveux. On n'avait plus, comme auparavant, toute une basse-cour pour un gros bouton de cuivre bien doré ; mais on se procurait encore par-ci par-là quelques poules et quelques œufs. C'est dommage que les receveurs du *myri* se soient avisés de faire les difficiles ; car il y avait vraiment plaisir à voir nos soldats, devenus tout à coup des richards, ne pas laisser un seul bouton à leurs habits, pour attraper les denrées des paysans.

Quand on n'avait pas le bonheur d'avoir de ces beaux boutons jaunes ; et que nos écus ne plaisaient pas à ces messieurs d'Egypte, il fallait avoir recours à un autre expédient fort risible ; mais je l'avoue, peu délicat : il est

_____

(1) La contribution foncière.

vrai qu'à la guerre on ne peut pas toujours observer les convenances, et que la nécessité vous force à transiger sur bien des choses. Au reste, s'il y a, dans ce que je vais raconter, matière de scandale, je suis celui qui doit en être réprimandé : c'est un provençal que nous avions avec nous pour nous servir de trucheman, homme joyeux, fertile en inventions, et plaisant comme je n'en ai jamais vu. Il avait été, pendant deux ou trois ans, prisonnier chez les Arabes, en sorte qu'il parlait parfaitement leur langue, et connaissait le fort et le faible de ces peuples. Une fois nous étions allés en parlementaires, selon notre coutume, pour demander des vivres à un village : on refuse notre argent ; personne de la petite troupe que nous étions n'ayant de monnaie au gré des vendeurs, nous avions la mine de nous retirer sans provisions. Nous nous regardions les uns les autres sans souffler le mot, lorsque le provençal nous dit en son patois : *Laissez-moi faire, je ne veux pas que nous nous en retournions sans vivres ; répétez les paroles que vous m'entendrez prononcer, et imitez exactement tous mes gestes.* Alors, après un petit préambule, qu'il adressa aux paysans, il s'écria en arabe, et en levant les mains vers le ciel : *Dieu est miséricordieux, Mahomet est prophète de Dieu ;* et nous imitions tant bien que mal notre provençal, sans comprendre ni ce qu'il disait, ni où il en voulait venir. En un instant tous ces gens nous entourèrent avec de grandes démonstrations de joie; ils nous prirent affectueusement les mains, en répétant mille fois : *Dieu est grand, Dieu est miséricordieux; il n'y a de Dieu que Dieu, et Mahomet est son prophète.* Ensuite ils nous demandèrent s'il était bien vrai que nous pensions ainsi, et l'imperturbable trucheman nous disait de répondre par un signe de tête affirmatif; ce que nous fîmes ponctuelle-

ment, pendant que lui baragouinait avec les Musulmans,
et les assurait que nous nous instruisions de l'alcoran.
Bientôt nous vîmes arriver des femmes et des enfans chargés de volailles, de fruits et de lait pour nous ; on nous
amena même des moutons, en nous disant que tout ce
qu'il y avait dans le village était à notre service. Nous,
qui ne comprenions rien à cette comédie, nous nous ima-
ginâmes qu'à la fin, gagnés par l'éloquence du provençal, les paysans avaient consenti à recevoir notre argent ;
et là-dessus, vite nous mettons la main à la bourse pour
payer. Mais nos nouveaux amis faillirent à se fâcher, dès
qu'ils virent ce mouvement. Ils nous reprochèrent que
nous les prenions pour des gens intéressés, et nous soup-
çonnèrent de les mépriser, puisque nous refusions le présent qu'ils nous faisaient : car c'était en effet dans cette
intention qu'ils nous apportaient tant de provisions. On
pense que le provençal fut alerte à prendre ; il connaissait d'ailleurs trop bien les usages de l'Orient, où l'on tient
à injure de refuser ce qui est offert, pour manquer à la
politesse en pareille occasion : aussi nous ordonna-t-il im-
périeusement de ramasser promptement ces provisions,
et de nous en aller. Nous nous en retournâmes donc,
pourvus pour plusieurs jours, et accompagnés des béné-
dictions des paysans. Nous n'en revenions pas. Le provençal nous expliqua alors tout ce que j'ai rapporté plus haut ;
nous rîmes beaucoup de cette supercherie qu'un honnête
homme blâmera avec raison, et nous admirâmes le bon
cœur de ces gens que nous venions de tromper, et le zèle
qu'ils avaient pour leur religion. Qu'un d'eux vienne, avec
ses habits grossiers, dans une de nos villes chrétiennes,
parler de sa conversion et faire des signes de croix, personne, j'en suis sûr, ne lui apportera ni poules, ni poulets.

Sur la rive occidentale du Nil, les habitans sont moins aisés que sur la rive opposée, parce qu'ils sont plus exposés à la rapine et au brigandage des Arabes, qui ont même plusieurs cantons en propre sur la route d'Alexandrie au Caire : ce sont de fâcheux voisins pour les cultivateurs. Les villes sont aussi moins nombreuses et la bâtisse moins régulière de ce côté; presque toutes les maisons sont en terre et fort basses : néanmoins le pays est fertile et bien cultivé. On ne peut se faire une idée de la quantité de pigeons et de poulets dont il est fourni; vous voyez des plaines entières couvertes de pigeons. Il y a des pigeonniers que de loin on prend pour des villages ; ce sont des espèces de tours en forme de ruches construites en terre, dans l'épaisseur desquelles on a pratiqué des milliers de trous pour loger les couples et leur famille.

En général la volaille n'est pas aussi bonne en Egypte que dans nos contrées, et en voici la raison. Les Egyptiens ont trouvé le secret de faire éclore les œufs dans les fours, ce qui multiplie singulièrement les espèces, et les met à vil prix, mais les rend dures et moins succulentes ; d'où l'on peut inférer que l'on ne gagne jamais à vouloir imiter la nature dans ses travaux. Le procédé des Egyptiens est fort simple ; les fours qu'ils emploient à cette opération sont à trois étages, garnis chacun d'une galerie pour recevoir les poussins que vous y voyez courir aussitôt qu'ils ont quitté leurs coques. Les œufs sont placés dans chaque étage, et y reçoivent le degré de chaleur qui leur convient. Au bout du dixième jour, on met au second rang les œufs du premier, et ainsi des autres, jusqu'à ce que tout soit éclos ; ce qui ne va pas à plus de trente jours. Ces fours, qui contiennent quelquefois quatre à cinq mille œufs, sont chauffés avec de la fiente de cha-

meaux , mêlée de paille. On y entretient toujours un feu
doux et modéré, et l'on veille à ce qu'il ne soit ni trop
fort, ni trop lent, et à ce qu'il se distribue graduellement
dans les étages. C'est dans ces précautions que consiste
tout l'art dont les Egyptiens sont fort glorieux , et qu'ils
cachent soigneusement aux étrangers.

Il est inutile que je nomme les endroits que l'on trouve
sur cette route : je n'ai pas eu pour but de donner une
géographie descriptive, qui ne présenterait qu'une sèche
nomenclature de villes et de villages ; je marquerai seulement Damanhour et Rahmaniéh, parce que notre séjour en Egypte a attaché quelque célébrité à ces deux
noms. Damanhour, dans le Babiré, est à 10 lieues environ de Rosette, sur la route d'Alexandrie au Caire
par terre (1). Les Arabes y furent taillés en pièces, la
première fois, par une de nos divisions ; et cette ville
s'étant mal conduite quelque temps après, fut livrée au
pillage et aux flammes. Les habitans avaient assassiné
plusieurs Français. Rahmaniéh, situé près de la branche
d'Alexandrie, est à 8 lieues de Damanhour et à 15 de
Rosette. Cet endroit est dans un marais et peu considérable : sa position est assez avantageuse pour embarrasser une armée turque. Nous y avions établi de grands
magasins d'approvisionnemens et quelques fortifications ;
mais comme tout n'était qu'en terre, cette place ne pourrait pas tenir deux heures devant une armée européenne.

Portons maintenant nos regards sur le Delta, que nous
avons toujours sur notre gauche. Cette île commence, à
2 lieues avant le Caire, à l'endroit appelé, en arabe,
Batn' el Baccara (le Ventre de la Vache), à cause de la

---

(1) Damanhour est environné de déserts.

ressemblance que les gens du pays ont cru remarquer dans cet angle de terre, avec le flanc d'une vache. C'est là que le Nil, se séparant en deux branches, dont l'une se rend à Damiette, et l'autre à Rosette, forme cette ile, que les Grecs out nommé *Delta*, parce qu'elle a la figure du $\triangle$ de leur alphabet. Elle a près de 40 lieues de long sur 4 à 5 de largeur. Ses principales villes sont Menouf, capitale de la province de ce nom ; Séménoud, capitale de la Garbiéh, vers l'extrémité septentrionale de l'ile, entre Rosette et Damiette : on y voit les ruines d'un temple d'Isis ; Méhallé-el-Kébir et Faoné, toutes très-marchandes et très-peuplées. Les bourgs remarquables sont Métoubi, à 6 lieues au sud de Rosette sur le bord du Nil : il s'y fait un grand débit de sel et de fruits ; Rémérié et une foule d'autres endroits qui mériteraient encore d'être cités. Le Delta, qui ne fut d'abord qu'un ilot, s'est accru insensiblement au point où on le voit aujourd'hui, par les débris et les terres que le Nil charie dans sa course. Cette ile confine maintenant à la mer, dont elle était éloignée de plusieurs lieues, il y a quelques siècles. Elle présente l'image de l'âge d'or ; les habitans y vivent dans l'aisance, la joie et la sécurité ; ils cultivent paisiblement leurs champs, et sont moins exposés que le reste de l'Egypte, aux vexations et à l'insatiable avidité des *Beys* et des *Mamelouks*. On y fait deux récoltes de riz et d'orge par an. Les troupeaux y sont d'une grande beauté et en nombre prodigieux ; c'est vraiment la terre promise. Il s'y fabrique, ainsi qu'à Rosette, de belles nattes ; une toile de lin très-claire et très-légère, que l'on appelle *Maugrebine*, dont on fait des chemises qui entretiennent le corps toujours frais.

Quittons le Delta, et ramenons notre attention sur le bord

occidental du Nil. A une journée et demie du Caire, ou
aperçoit, vers le couchant et au milieu des sables, les
trois pyramides de Gizéh, qui vous annoncent que vous
approchez de la capitale ; car rien, sur cette route,
n'indique le voisinage d'une grande ville. On ne voit
ni palais, ni maisons de plaisance, ni bourgs, ni villages de distance en distance, comme auprès de nos villes
du premier ordre. Au contraire, plus vous montez vers le
Caire, moins les habitations ont d'apparence : les villes et
les villages deviennent rares et sont peu étendus ; ce qu'il
faut sans doute attribuer à la défiance et à la crainte qu'entretient, parmi les cultivateurs des environs du Caire,
l'avarice des gouvernans, qui, étant à proximité de cal-
culer les richesses des propriétaires, ne manquent jamais
de les en dépouiller par la violence : c'est pourquoi les
campagnes ont un air de tristesse et de pauvreté ; les habitans prennent les livrées de la misère pour éloigner de
leur demeure tout soupçon d'aisance. Ainsi cette province, qui est une des plus fertiles de l'Egypte, en est la
plus malheureuse. Les Mamelouks courent les campagnes
pour enlever au laborieux *fellah* le prix de ses sueurs ; ils
ne veulent pas permettre qu'il ait une seule pièce d'or à
lui ; s'il enfouit son argent, ils le contraignent de dire où
il est : c'était pourtant bien assez des Arabes-Bédouins. Il
est triste de voir que la nature, qui a tant fait pour ces
belles contrées, soit continuellement contrariée par la
barbarie de ceux qui les gouvernent. Enfin, nous voyons
les tours et les mosquées du Caire. Pendant le voyage il
s'était élevé, parmi quelques-uns de nos compagnons
d'armes, qui se prétendaient très-instruits, une grave dis-
cussion sur l'étendue et la population de cette capitale de
l'Egypte. Chacun en jugeait d'après l'auteur qu'il avait

lu. Je ne rapporte le fait, que pour montrer combien le pays était peu connu, et à quel point les récits des voyageurs qui nous avaient précédés, étaient inexacts et exagérés. En effet, plusieurs donnent tout simplement au Caire une grandeur égale à celle de Paris et Londres ensemble, et d'autres, aussi raisonnables, y comptent deux ou trois millions d'habitans. Cela doit nous mettre en garde contre les dénombremens des grandes villes de l'Asie, et surtout contre ce qui se publie journellement sur Nankin, Pékin, Canton, et le vaste empire de la Chine.

On n'aperçoit le Caire que quand on est, pour ainsi dire, près de le toucher. Cette ville est au milieu d'une plaine, et comme réfugiée sous le Mokkatam (1), qui la domine au sud, et au pied duquel est bâtie la citadelle, résidence du Pacha. Elle s'étend en un long boyau de l'est à l'ouest, dans une direction opposée au cours du Nil, dont elle est éloignée d'un quart de lieue. L'aspect du Caire est imposant et très-pittoresque : le Nil est là extrêmement large, et semble avoir réuni toute sa majesté, pour faire plus d'honneur à la capitale, et lui attirer plus de considération et de respect.

On débarque à Boulaq, qui est comme le port du Caire, et que l'on regarde comme un de ses faubourgs, n'en étant qu'à un demi-quart de lieue. Boulaq est très-peuplé et très-commerçant ; c'est l'entrepôt de toutes les marchandises qui descendent à Alexandrie pour passer en Europe. La situation de cette ville (car je crois que ce nom lui convient mieux que celui de faubourg), sa situation, dis-

_____

(1) Montagne de pierre friable, dont sont bâtis les édifices et les maisons du Caire. Elle s'étend jusqu'auprès de Coptos, dans la Haute-Egypte.

je, sur le bord oriental du Nil, est extrêmement avantageuse; elle est dans une vallée délicieuse, entourée de jardins et de prairies que l'on traverse pour se rendre au Caire. Les magasins et les okels de Boulaq sont vastes et magnifiques. Malheureusement la plupart ont été dévastés, les habitans ayant appelé sur eux toutes les rigueurs de la guerre par leur rébellion et le massacre de plusieurs Français.

On arrive maintenant au Caire par une belle et large chaussée, exhaussée de plusieurs pieds au-dessus du niveau des terres: c'est un ouvrage de nos ingénieurs. Avant, il n'y avait que de petits trottoirs fort étroits que le Nil submergeait totalement lors de sa crue, de sorte qu'on ne pouvait guère aller au Caire que par eau. L'entrée de cette grande ville annonce assez bien une capitale. L'immense place de l'Ezbékiéh, bordée de superbes maisons (1), parmi lesquelles on distingue celle de Mourad-Bey (2), où succomba l'infortuné Kléber, s'offre la première à la vue. Pendant l'inondation, cette place est un lac couvert de barques légères et élégamment peintes, qui vont et viennent continuellement. Au milieu sont des ilots ombragés de quelques arbres, dont on n'aperçoit que les têtes et la moitié du tronc: on y prend le café. Lorsque le Nil s'est retiré, on sème sur cette même place, que naguère on traversait à la rame. Bientôt vous y voyez croître les melons, les pastèques et les légumes; d'autrefois, c'est un champ d'orge ou de blé. Aujourd'hui, le bœuf y trace des sillons, et quelques mois après, il y foule les gerbes pour

(1) Une partie de cette place a été ruinée de fond en comble dans la révolte qui suivit la rupture du traité d'El-A-Rich'.

(2) Le quartier général français y était établi.

en extraire le grain. Quand la récolte est finie, l'Ezbékiéh
redevient une promenade. Berquet-el-Fil, qui est une autre place non moins belle, prend successivement les mêmes métamorphoses. Au moyen des larges chaussées en
terre que nous avons élevées tout au tour de l'Ezbékiéh,
on peut maintenant y passer à pied et à cheval en tout
temps, ce qui était impossible avant nous.

. Le Caire, en arabe *Masr* (1), ne surprend pas moins un
européen, que la vue d'Alexandrie. C'est un tout autre
air; ce sont d'autres couleurs, d'autres tons, d'autres manières, une bâtisse toute différente : les maisons du Caire
sont pourtant terrassées, plattes et sans toits, comme à
Alexandrie et dans tout le reste de l'Egypte; mais contre
l'usage général du pays, et je puis dire de l'Orient, elles
ont deux et trois étages. Celles des riches et des beys sont
surmontées d'un belveder et d'une espèce d'abri contre les
ardeurs du soleil. Dans les rues, qui sont fort étroites,
pour éviter la chaleur, c'est une cohue et des bagarres à
chaque pas. Deux ou trois cents chameaux, à la file l'un
de l'autre, vous barrent le passage d'un côté, tandis que
une centaine de cavaliers, montés sur des ânes aussi frin-
gans que des bidets, et qui font ici l'office de nos fia-
cres, viennent vous boucher le dernier passage qui vous
restait. Ce ne serait encore rien, si d'autres ânes, chargés
de fagots de roseaux, ne vous étouffaient de poussière, et
n'augmentaient encore votre mal-aise. En voici d'autres
qui portent des pierres ou du grain, et ce ne sont pas les
moins incommodes. On croit peut-être que j'ai fini; mais
on ne s'en tire pas aussi facilement dans les rues du Caire.

_____

(1) Les gens du pays désignent aussi par ce nom toute la Basse-
Egypte, et la Haute, par celui de *Soïd.*

Après avoir attendu quelquefois une heure entière tapi
contre un mur ou contre une porte, arrive une troupe de
gens de justice, montés sur des chevaux très-vifs, qui se
tournent et retournent, et qui caracolent dans ce chemin
étroit, à vous faire craindre d'être écrasés. D'autrefois, ce
sont des grands, suivis de leurs Mamelouks et d'un étalage qui n'en finit plus. Ils sont précédés par des hommes
qui portent des lances et de longs bâtons(1), avec lesquels
ils bourrent le pauvre *fellah*, qui ne se range pas assez
vite. L'embarras de Paris, si agréablement dépeint par
Boileau, n'est que bagatelle en comparaison de celui du
Caire; et quiconque, avec les talens de l'auteur du *Lutrin*, voudra exercer sa muse sur ce sujet, ne manquera
pas de faire un tableau très-réjouissant. Au milieu du tumulte dont nous parlons, vous entendez les marchands
d'eau qui courent les rues, et donnent à boire aux passans dans des bassins de cuivre. Plus loin, ce sont des
crieurs de *chorba* (1) et d'eau de réglisse. Beaucoup de
luxe et beaucoup de misère; des visages sérieux et taciturnes; de longs chapelets dans toutes les mains ou autour du col; des hommes qui vont en pantoufles sur les
ânes; des femmes qui y vont en bottines et perchées sur
de hautes selles qui semblent des tours; tout cela offre
le tableau le plus bizarre : le grand nombre d'aveugles
que l'on rencontre ne vous frappe pas moins.

Le quartier le plus vivant du Caire, c'est-à-dire, son
point de réunion, c'est Monski, situé entre la contrée
des Francs et celle des Vénitiens. On y trouve toutes
les marchandises et quincailleries de l'Europe, avec les

_____

(1) On les nomme *Bâtonniers* : c'est une espèce de milice qui accompagne toujours les grands et les gens en place.

(2) Sorte de boisson douce.

plus belles productions du pays. Au reste, ce Mouski, qui est comme le palais royal du Caire, est fort peu de chose, et un des plus vilains quartiers de la ville : nous l'avons embelli autant que cela se pouvait, en jetant à bas une trentaine de maisons bâties de chaque côté d'un pont qui est sur le grand canal, et où se tenaient les marchands grecs et chrétiens. Maintenant on débouche avec facilité de la place Esbékiéh, à Mouski et dans les quartiers environnans, par une rue fort large et assez belle. La contrée des Francs et celle des Vénitiens, qui est la plus peuplée et la plus considérable (1), ne se trouvent plus encombrées comme auparavant. Ces quartiers, ainsi que ceux des Grecs, des Copthes (2), des Juifs, et de tous les gros marchands, n'ont ordinairement qu'une issue, et se ferment avec d'énormes portes doublées en fer, que l'on barricade dans les émeutes et les séditions, qui sont fort communes dans ce pays-là : alors personne ne sort que le calme ne soit rétabli ; chacun fait sentinelle chez soi, et tient ses armes en état.

Les édifices publics sont nombreux au Caire. Quelques-uns ont un certain air de grandeur, que ce peuple n'a pas tout-à-fait perdu dans l'état d'avilissement où il croupit depuis tant de siècles. Le grand canal, que l'on attribue, je ne sais pourquoi, à Trajan, puisque la fondation du Caire est l'ouvrage des Califes; ce canal, dis-je, qui traverse la ville, et y amène les eaux lors de l'inondation,

_____

(1) Il y a un couvent de capucins : l'église est la plus belle du pays. Ces missionnaires, qui sont italiens, officient en latin, et prêchent en arabe.

(2) Le quartier des Copthes est très-peuplé; il occupe la façade-nord de la place Esbékiéh, et toutes les rues qui sont derrière.

est aussi magnifique qu'utile : il est pavé de marbre dans toute sa longueur, qui tient près d'une lieue et demie.

La grande mosquée, dite *des Fleurs*, est un autre monument remarquable par sa vaste étendue : son double minaret est couvert en faïence. Les boutiques qui entourent cette mosquée forment ce que l'on appelle *le grand Bazar*, quartier le plus riche, le plus peuplé, et en même temps le plus turbulent de la ville. C'est-là que sont les magasins de cachemire, l'ivoire qui vient de l'Abyssinie, et ces essences si renommées qui vont embaumer les quatre parties du monde. Tout près est *kan-kalil*, espèce de fripperie immense, où l'on court acheter la peste dans les vêtemens des morts. Tous les okels de ces quartiers sont fort beaux, ainsi que les *kans*, *magasins* et *bazars*, où les pélerins de l'Abyssinie et du Sennaar logent leurs esclaves noirs, qui sont étendus nus comme la main, sur une méchante natte, ou sur une peau de buffle, qui leur sert de table et de lit, jusqu'à ce qu'ils trouvent des acheteurs. Les négresses sont renfermées dans de petites chambres infectes, de 5 ou 6 pieds en carré.

J'aurais à parler de plusieurs mosquées très-belles, et des fontaines que l'on trouve à chaque pas (1) ; mais ces détails, que d'autres ont déjà donnés, m'entraîneraient hors des bornes que je me suis proposées.

Les bains publics sont aussi très-remarquables, et d'un besoin tellement indispensable pour tout le pays, qu'il n'y a si petit village qui n'en possède au moins un : on en compte 7 à 800 dans la seule ville du Caire, la plupart

_____

(1) Elles ont un petit mamelon eu cuivre, percé de plusieurs trous, et fixé dans une dalle de marbre. Les gens pressés par la soif y sucent pour aspirer quelques gouttes d'eau.

magnifiques et pavés de marbre à losange. Les étuves et les baignoires sont quelquefois aussi de marbre; le linge y est propre et très-abondant : on vous change cinq ou six fois de serviettes. On entre dans ces bains par quatre chambres, où la chaleur va toujours en augmentant jusqu'à la dernière. Savary a décrit tout cela avec son enthousiasme ordinaire ; mais pour cette fois, il y a matière à inspiration.

Le Caire présente plusieurs beaux quartiers, entre autres, celui des marchands de sucre, et le *bazar* des cordonniers, qui est une sorte de halle immense, toute couverte et régulièrement bâtie. On y trouve les meilleures (1) babouches, des outres et des seaux en cuir pour porter l'eau dans le désert.

Indépendamment de *kan-kalil*, et des alentours de la grande mosquée, qui sont fort beaux, et dont j'ai déjà fait mention, il y a encore les quartiers environnans la citadelle, ou qui y conduisent. Tout le local qu'occupait l'institut d'Egypte, et les rues adjacentes, fixent également les regards, par le nombre de palais et de belles maisons qui les composent. A l'article *Architecture des Egyptiens*, je reviendrai sur le genre et la distribution de ces bâtimens.

Un des édifices qui excita le plus notre curiosité, ce fut l'hôpital de la ville, dit le *Mouristan*, situé dans le quartier de la grande mosquée. L'entrée en est interdite, aussi bien que celle des mosquées, à quiconque n'est pas Musulman. M. Desgenettes, médecin en chef de l'armée, reçut ordre du général *Bonaparte* de le visiter. L'objet de cette visite était de recueillir quelques notions sur le ré-

---

(1) Chaussure ou soulier turc qui ressemble à nos pantoufles.

gime des hôpitaux turcs, et de voir si le sort des malades qui y sont, ne serait pas susceptible d'amélioration. M. Desgenettes était conduit par un des plus puissans *scheiks* de la ville. Sa présence excita d'abord un sentiment d'inquiétude parmi les Musulmans; mais ils se rassurèrent, lorsqu'on leur eût expliqué les intentions bienfaisantes qui amenaient le médecin français dans cet asile de souffrance.

Voici ce que nous avons appris par le rapport de M. Desgenettes : — Le *Mouristan* est un vaste local, susceptible de recevoir commodément 100 malades. Il y en avait alors 27 et 14 insensés : parmi les malades, on en comptait quelques-uns d'aveugles. Le plus grand nombre était attaqué de cancers qui, dans leurs développemens, avaient fait disparaître le nez, et mis à découvert, d'une manière hideuse, les fosses nasales et l'arrière-bouche (1). D'autres languissaient de maladies chroniques abandonnées à leurs progrès. Tous étaient sans autre secours qu'une distribution d'alimens, consistant en pain, riz, lentilles et fèves. Ils ne soupçonnaient même pas qu'ils pussent être soulagés; et dans cet abandon aux volontés du destin, ils n'avaient jamais connu les médicamens les plus simples.

Les insensés, que l'on regarde comme des êtres privilégiés et inspirés par le prophète, sont, pour cette raison, en singulière vénération parmi le peuple. Cependant, quand leur folie est mauvaise, on ne fait pas difficulté de les renfermer. M. Desgenettes en vit au *Mouristan* plusieurs; ils étaient dans deux petites cours séparées, une pour les hommes, et l'autre pour les femmes. Les loges de celles-ci ne sont pas toutes grillées. Quelques femmes,

---

(1) Ce mal est fort répandu en Égypte, surtout parmi la classe indigente.

quoique toutes enchaînées, ne sont pas fixées au mur comme les hommes. Une d'elles, dans un âge avancé, vint au-devant de ce médecin, en pleurant et en demandant l'aumône : les autres se voilèrent, et il ne put, dit-il, saisir aucuns de leurs traits ; mais une fille jeune et belle, qui était accroupie et le visage découvert, témoigna, en le voyant entrer, une joie extrème ; elle s'écria plusieurs fois, avec transport : *Signor ! signor !* Elle le salua en inclinant sa tête, et en croisant sur son sein ses mains chargées de chaînes. M. Desgenettes eut un soupçon vague que peut-être elle n'était pas insensée, et qu'ici comme ailleurs, la violence avait pu plonger des êtres raisonnables dans ces lieux de désespoir. Il est probablement le seul homme qui ait pénétré dans le local où sont les femmes insensées. Les Musulmans qui l'avaient accompagné dans les autres parties de l'hôpital, s'arrêtèrent à la porte de cette dernière enceinte. Deux femmes, qui y faisaient le service, se couvrirent aussitôt qu'il parut, et lorsqu'il passa près d'elles, elles se tournèrent par pudeur du côté du mur.

Le général *Bonaparte* s'occupa d'améliorer la situation des malades du *Mouristan*, et il ordonna des recherches pour éclaircir ce qui concernait la jeune fille, si digne de pitié, que M. Desgenettes trouva au nombre des insensés ; mais ses soins généreux n'eurent aucun résultat satisfaisant, et l'histoire de cette malheureuse fille resta couverte d'un voile impénétrable : sans doute que les Turcs, soupçonneux et méfians, se refusèrent à fournir les renseignemens demandés ; car la moindre recherche de la part des Chrétiens les alarme, et leur paraît une infraction à leurs usages.

On ne peut séjourner au Caire sans aller visiter la citadelle, qui d'ailleurs en vaut bien la peine : c'est une seconde ville au milieu de l'autre ; elle a près d'une demi-lieue de tour, et est bâtie, comme je l'ai dit plus haut, au pied du Mokkatam, sur un rocher de pierre calcaire ; elle est ceinte de remparts crénelés, flanqués de trois tours d'une construction très-solide et très-épaisse. La principale, qui est aussi la plus saillante, se nomme *Tour des Janissaires*. Cette citadelle est l'ouvrage des Califes, et elle a dû leur coûter immensément. Les Turcs la laissaient tomber en ruine : nous y avons fait les réparations les plus indispensables, pour lui donner, ce qui s'appelle, une apparence de forteresse ; car elle ne peut en imposer qu'à des armées turques. On la divise en vieille citadelle et nouvelle citadelle. Dans la première est le palais du pacha, qui est très-beau : la monnaie lui fait face ; on y frappe les *médins* aussi minces qu'une feuille de papier, et les *pataques* en or, de 90 et 180 *médins* (5 liv. 10 s. et 7 liv. à peu près de notre monnaie). Ces deux bâtimens sont situés sur une grande place oblongue et très-régulière, qui sert de promenade à la garnison. C'est encore dans cette citadelle que se tiennent les janissaires et les autres milices du grand seigneur. Tout l'attirail de guerre est là ; et quand le pacha est menacé, ou qu'il a à se plaindre des beys ou de la ville, il fait tirer dessus jusqu'à ce qu'il ait obtenu satisfaction. Aussi cette citadelle est si redoutable au Caire, que ceux qui la possèdent, gouvernent la capitale à leur volonté, et s'en peuvent dire les vrais maîtres. Du haut de ces tours on domine toute la ville et les environs : au sud, le Mokkatam présente ses flancs arides avec les grottes qui y sont creusées ; à l'est, on découvre les immenses solitudes du désert qui mène à Suez, et les sables mouvans qui viennent assiéger les portes du Caire ; au nord, est la triste vallée des tombeaux, et à

l'ouest, le Nil et les campagnes qu'il arrose; au bas, vers
la grande entrée de cette citadelle qui regarde le couchant,
est la place de *Roummé*, c'est-à-dire, des *Grecs*; elle
confine à une plaine stérile et sablonneuse qui suit la direction du Mokkatam : quelques misérables tombeaux,
bâtis au milieu des ruines et des masures, autour desquels
errent des troupes de chiens, des *chacals* et des vautours,
terminent l'horizon de ce côté.

Le puits de Joseph, qui fournit l'eau à toute la citadelle, au moyen d'une roue à chapelet, que des bœufs
font tourner, est un monument aussi respectable par son
antiquité, qu'admirable par sa construction. Ce puits,
creusé dans le roc vif, à une profondeur de 280 pieds,
étonne l'imagination : il est à double galerie, et taillé en
limaçon, de manière que les bœufs y descendent facilement. On l'attribue à Joseph, fils de Jacob. Tout monument qui porte un caractère de grandeur et d'utilité, est
présumé l'ouvrage de ce ministre de Pharaon, dont la mémoire est encore en grande vénération parmi les Egyptiens.
Les sommes immenses qu'il employa à creuser des canaux, à élever des aqueducs, et à construire des greniers
publics, lui ont mérité l'amour de ses contemporains, et
la reconnaissance des innombrables générations qui l'ont
suivi, tandis que ceux qui élevèrent les pyramides et ces
autres monumens d'orgueil, n'ont emporté dans la tombe
que la malédiction des peuples.

La citadelle neuve est séparée de la vieille par un rem-
part; on y entre par une porte qui est vis-à-vis celle du nord
de cette dernière; ainsi il n'y a aucune communication in-
térieure de l'une à l'autre. Cette enceinte, murée et cré-
nelée comme la précédente, mais infiniment moins forte,
est remarquable par son étendue et le nombre de belles

maisons qu'elle renferme. Il peut y habiter 6 mille hommes à l'aise, et elle ne semble avoir été construite que pour recevoir des grands : en effet, c'était la résidence de plusieurs beys et autres puissans personnages.

Il me reste à parler de l'étendue du Caire et de sa population : cette ville peut avoir 5 lieues et demie de circonférence, et au moins 500 mille habitans, sans compter Boulaq ni le vieux Caire, que l'on regarde comme ses deux faubourgs. Il sera toujours difficile d'évaluer au juste le nombre des habitans de cette grande ville, parce que les Turcs ne tiennent ni registres de naissance, ni registres de décès.

Pendant l'hiver, qui est en ces climats plus doux que notre printemps, la petite vérole fait de grands ravages au Caire et dans une partie de la Basse-Egypte. La mortalité est considérable, surtout parmi les enfans. La plupart des aveugles que l'on rencontre en nombre si prodigieux dans cette ville, le sont des suites de la petite vérole. Les maux d'yeux y sont plus opiniâtres et plus constans que partout ailleurs. Sur dix individus, six ont la vue faible ou les yeux gâtés, au point de ne pas pouvoir distinguer, de leur hauteur, une pièce d'argent qui sera à leurs pieds. Presque tous portent un bandeau sur les yeux pour éviter le jour qui les blesse : aussi quelques voyageurs ont-ils surnommé l'Egypte *le pays des aveugles*.

En examinant les localités du sol et sa température, on est d'abord induit à croire que la réflexion du soleil sur un sable blanc, en fatiguant la vue, est la seule cause de l'opthalmie ; mais les Arabes, qui vivent continuellement au milieu des déserts, ont les yeux très-bons et très-perçans, et ne sont presque jamais attaqués de cette maladie. Ce n'est donc point l'ardeur du soleil qui la pro-

duit, c'est l'air salin qui s'exhale des eaux du Nil, chargées
de nitre, et qui répandu dans l'atmosphère, s'y échauffe
et irrite les parties exposées à son action : voilà pourquoi
les Arabes qui vivent loin du Nil n'en sont point atteints.
Il y a cependant encore d'autres causes qui contribuent à
l'opthalmie ou en augmentent la malignité : c'est cette
poussière fine et embrasée, qui en se délayant avec la sueur
des paupières, y occasionne des irritations d'abord im-
portunes et bientôt douloureuses ; alors seulement les
rayons du soleil sont nuisibles. Il faut, tant que le mal
dure, rester dans la plus profonde obscurité et ne pas sortir. On ne manque pas l'opthalmie ou la dyssenterie, si
l'on dort à l'air et la tête découverte, comme font la plupart des Naturels peu aisés. Les nuits sont extrêmement
fraîches et humides en Egypte, et la rosée est quelquefois
si abondante, que l'on croirait qu'il a plu. Ceux qui ont
dormi sur une terrasse ou devant une boutique, se réveil-
lent le matin tous trempés ; ainsi il faut avoir soin de se
bien couvrir, soit au dedans, soit au dehors, pendant la
nuit, principalement la tête et les yeux. Les Arabes dor-
ment toujours sous leurs tentes et bien enveloppés dans
leurs manteaux de laine, et se garantissent par là de ces
deux cruelles maladies, dont l'une (la dyssenterie) est
aussi meurtrière que la peste.

Nos médecins leur ont opposé, avec succès, les vésica-
toires à la nuque. On a observé qu'ils étaient aussi un pré-
servatif contre la peste. Plusieurs chirurgiens s'en appli-
quèrent au bras ou à la cuisse, dès que la contagion com-
mença à se manifester, et ils en furent préservés, tandis
que beaucoup de leurs confrères, qui n'avaient pas usé
de cette précaution, en furent les victimes.

Dans trois opthalmies que j'ai eues, j'ai employé des

fumigations de romarin et de mauve, quelquefois de lait, après quoi je me couvrais bien la tête et les yeux. J'observais un régime très-sévère, et prenais de temps en temps des bains de pied. Les herbages et les rafraichissans m'étaient ordonnés.

La peste, que quelques-uns ont cru mal à propos originaire d'Égypte, y est au contraire apportée par les bâtimens de Constantinople et de l'Archipel. Elle est continuellement à Alexandrie, et très-souvent à Damiette, d'où elle s'introduit au Caire par les marchandises qui viennent de ces deux ports, et qui en sont infectées. Cependant il se passe plusieurs années sans que cette ville soit affligée de ce terrible fléau, et l'on peut dire que ce n'est pas ce que les étrangers ont le plus à y redouter. Néanmoins, dans la dernière année de notre gouvernement, ce mal fondit tout à coup avec une telle fureur sur le Caire et la Haute-Égypte (qu'il atteint rarement), que ce n'était partout que morts et que mourans. On était enlevé, en vingt-quatre heures, au milieu de convulsions semblables à la rage ou à l'épilepsie. Le corps devenait tout marqué de taches violettes et jaunes, et quelquefois il était noir comme la peau d'un nègre.

La méthode que j'ai vu employer efficacement pour combattre cette maladie, dès que les premiers symptômes (1) commencent à se manifester, c'est la saignée, l'émétique réitéré deux ou trois fois, et la limonade minérale qui, au défaut d'acide sulfurique, a été remplacée par la limonade végétale spiritueuse : en outre, un bol composé de 6 grains de camphre, un d'opium, et 25 de sel

(1) On éprouve d'abord des étourdissemens, accompagnés d'oppressions et de violens maux de tête. Ensuite la fièvre survient avec vomissemens. La langue se paralyse, et l'on perd connaissance.

ammoniac. Sur les bubons, qui sont tous fort lents à sup-
purer, on appliquait un cataplasme de mie de pain, lait,
savon et safran ; les malades faisaient diète, ou ne prenaient que des alimens fort légers : la viande et le bouil-
lon leur étaient interdits. Les Turcs s'en remettent en cette
occasion, comme en toutes les autres, aux arrêts du destin :
seulement, lorsque le bubon est déjà gros, ils l'ouvrent
avec un rasoir, souvent sans qu'il soit assez mûr, ce qui
fait souffrir horriblement le malade. Si le pus sort bien,
tant mieux, on en réchappe ; si, au contraire, il rentre
dans le corps, il n'y a plus de salut à espérer, et l'art du
médecin finit là.

Le vieux Caire se trouvant sur notre route pour aller
aux pyramides, je ne pourrai me dispenser d'en parler,
quoiqu'il soit peu important par lui-même. Il est à un
quart de lieue à l'ouest du Caire, et sur le bord oriental
du Nil, qui en rend le séjour assez agréable. On passe,
pour s'y rendre, sous un aqueduc d'une lieue de longueur,
en fort bon état, et qui conduit à la citadelle l'eau du
fleuve pour l'usage de la garnison ; car celle que l'on tire
du puits de Joseph, étant un peu saumâtre, ne sert que
pour *le lavage et pour les animaux*. Le vieux Caire, resserré entre des collines de sable, le Nil et le Mokkatam,
semble abandonné du reste du monde, et disgracié de la
nature; mais une allée de beaux sycomores (1), qui bordent
le Nil, et y ménagent de frais ombrages, ont de quoi vous
rassurer. Cette ville, qui ne laisse pas que d'être peuplée,
est bâtie à l'endroit même où fut fondé le Caire (2), et

(1) Le sycomore est très-touffu, et porte un fruit qui approche de
la figue.

(2) Le Caire fut bâti environ l'an 795 de notre ère, par les ordres
du calife de Kairvan.

où il subsista quelque temps avec éclat; c'est pourquoi on lui donne le nom de *vieux Caire*.

Nous y avons vu les *greniers de Joseph*, bien différens des nôtres, et surtout de nos halles : ce sont de vastes enceintes sans couvertures, dont les murs, bâtis en briques cuites, sont fort épais; l'aire est en ciment, lié avec du plâtre : on ne peut rien voir de plus simple. Les grains (comme cela se pratique encore aujourd'hui), étaient seulement recouverts de nattes pendant la nuit, pour les préserver de la rosée; mais dans la Basse-Egypte, où il pleut l'hiver, les greniers sont couverts; ils ressemblent à nos grands magasins.

A 200 pas du vieux Caire, vers l'orient, est le joli bourg de Ste. Marie, renfermé dans une enceinte de murailles très-hautes et très-épaisses, qui le mettent à l'abri des courses des Arabes. Il est habité par des Chrétiens, des Copthes et des Grecs, qui s'y livrent paisiblement à leurs spéculations de commerce. Jamais je n'ai vu d'endroit aussi singulier; on entre par une porte basse percée dans un mur de 10 pieds d'épaisseur. Au calme profond qui règne dans les rues, qui sont si étroites, qu'à peine deux hommes peuvent y passer de front, on se croirait parmi des chartreux : c'est encore l'image d'une petite république vivant heureuse à l'ombre de ses propres lois; car j'ai remarqué que tous ces habitans, en outre fort bonnes gens, paraissent ne former qu'une seule famille; et cette union intime, que l'intolérance des Turcs fortifie chaque jour, a fait disparaître les nuances qui séparent ces diverses communions. Chrétiens, Grecs et Copthes, sont souvent confondus dans la même église. J'ai vu la même chose à Alexandrie; et c'est vraiment une chose remarquable, que la religion chrétienne, divisée par tant de schismes, revienne naturellement à l'unité parmi les nations idolâtres ou musulmanes : la persécution réunit les hommes des différentes sectes.

On va dans cette bourgade pour visiter l'église de Ste. Marie, appartenante aux Copthes. Au-dessus est un souterrain, où l'on assure que la sainte famille se réfugia pendant sa fuite en Egypte. Ce souterrain renferme une petite chapelle, devant laquelle est un tableau peint sur bois, et représentant le départ de Bethléem.

Cette église copthe est passable pour le pays. Comme dans toutes celles du Levant, et comme étaient celles des premiers temps, on y a pratiqué un rang de loges grillées pour les femmes qui ne doivent pas être aperçues. Au lieu de chaises, les Copthes se servent d'un long bâton, qui a la forme d'un T, avec lequel ils se tiennent appuyés pendant tout l'office : c'est exactement la posture d'un homme qui se soutient sur une béquille.

Vis-à-vis le vieux Caire est l'île de *Raoudah*, qui s'étend jusqu'à Boulaq, dans une longueur de trois quarts de lieue, sur environ 100 toises de largeur. C'est un lieu enchanté pour ses jardins et ses prairies. Un château, attenant à une mosquée, termine la pointe de l'île au sud. Ce point, déjà fortifié par la nature, le devint encore davantage par les travaux que nous y fîmes. On prétend que cet édifice est une ruine d'un palais de Pharaon ; mais rien de bien évident ne confirme cette opinion. Je n'y ai trouvé qu'un grand vestibule soutenu par plusieurs colonnes accolées trois à trois, dans l'ancien style égyptien, à la vérité, mais qui m'ont paru avoir été posées ainsi par imitation de l'antique, et dans un temps fort postérieur à celui des Pharaons. Cette île, qui d'ailleurs a été formée comme le Delta, par les dépôts du Nil, n'existait

probablement pas alors. Je pense donc que ces constructions sont dues à Omar, ce même Calife qui, après avoir
donné ordre à Amrou, son lieutenant, de brûler, à
Alexandrie, la bibliothèque des Ptolémée, composée de
plus de 900 mille volumes, fit faire plusieurs ouvrages
utiles en Egypte, comme pour réparer son outrage envers
le monde savant. Ce qu'il y a de certain, c'est que ce fût
lui qui ordonna d'établir le *Mékiâs* ou *Nilomètre*, dans
l'île de Raoudah. Il se trouve renfermé dans l'enceinte
dont je viens de parler, et placé au niveau du lit du fleuve : c'est une colonne de marbre qui sert à marquer les
accroissemens et la baisse des eaux. Dans le temps de la
crue, des hommes, préposés à cet effet, vont la consulter, et annoncent au peuple à quelle hauteur le Nil a
monté pendant la nuit. Ce monument a 900 ans d'antiquité ; sans être très-beau, on le voit cependant avec
plaisir.

A l'extrémité-nord de l'île de Raoudah, nous avons
construit un moulin à vent, le premier que l'Egypte eût
connu. Dans un pays où l'art de la mouture est resté si
en arrière, on croira que cette machine dut émerveiller
les habitans, et leur inspirer le désir d'en posséder plusieurs ; mais point du tout, ils y firent à peine attention.
Lorsque ce moulin fut achevé, et que le vent le fit tourner, on les vit la plupart passer auprès, sans daigner lever les yeux. Quelques-uns s'enfuirent épouvantés,
croyant que c'était un engin de guerre, ou une machine infernale. La même chose arriva au Caire sur la
place Esbékich, lorsque nous lançâmes une mongolfière.
Cette indifférence extraordinaire pour les nouveautés, est
commune à tous les peuples barbares, et rappellent plusieurs exemples pareils, rapportés dans les voyages d'An-

son et de Cook. Anson entra dans la rivière de Canton avec le vaisseau le plus gros qui y eût encore paru ; c'était un vaisseau de ligne. Des milliers de pêcheurs chinois se trouvèrent sur sa route, et pas un ne le regarda passer.

Cook étant à la nouvelle Zélande, fut inquiété par les Naturels : il fit tirer quelques coups de canon à poudre pour les effrayer. Un des sauvages était occupé à égoutter son canot au-dessous du sabord par lequel on fit feu ; il continua tranquillement à vider son eau, et ne tourna pas la tête pour voir d'où partait le bruit qui tonnait à ses oreilles. Les Egyptiens ressemblent beaucoup à ce sauvage et aux pêcheurs chinois ; mais revenons à notre sujet.

Il est étonnant que les habitans de l'Egypte n'aient pas su tirer parti pour leur mouture, du Nil et des vents qui règnent chez eux toute l'année. Ils broient grossière-ment leurs grains avec une meule que fait tourner un che-val, ce qui leur occasionne un déchet considérable. Ils le savent très-bien ; on le leur a prouvé ; néanmoins, ils continueront peut-être encore pendant des siècles à gar-der leurs moulins tels qu'ils sont, et cela, parce qu'ils les tiennent de leurs ancêtres : préjugé de l'ancienne Egyp-te, qui a survécu avec tant d'autres, et qui s'oppose aux progrès des arts et de la civilisation.

Tout près de là, nous avions jeté un pont pour com-muniquer avec la ferme d'Ibrahim Bey, située de l'autre côté du Nil. Nous en avions fait un bon poste pour pro-téger les avenues de Boulaq, et servir de retraite assurée, ou de point d'appui dans une opération militaire.

Un autre pont de bateaux avait été établi entre Raou-dah et Gizéh, pour faciliter les communications avec le Caire. Gizéh, placée sur la rive occidentale du Nil, et sur

le chemin des pyramides, nous servait de place d'armes
et de parc d'artillerie. Les beys l'avaient fait précédem-
ment environner de murs et de tours, que nous rempli-
mes de terre et transformâmes en batteries, ce qui la rendit comparable aux bonnes places d'Europe. Mais comme
Alexandrie, elle a l'inconvénient d'exiger trop de troupes
pour sa défense, de manière qu'il lui faudrait une très-forte
garnison, surtout pour résister à une armée européenne,
contre laquelle je ne crois pas qu'elle puisse tenir long-
temps. Quand je parle d'une bonne place en Egypte, on
doit toujours entendre *relativement au pays*.

Du reste, Gizéh, qui a titre de *Ville*, est fort peu de
chose : à l'exception des maisons qui bordent le Nil, on
n'y voit qu'un amas de huttes en terre, des rues étroites et sombres, et l'apparence de la misère, quoique le
pays soit fort abondant. Les palmiers qui y sont semés çà
et là, lui donnent un air agreste qui ne déplaît pas au
premier abord; mais la physionomie sauvage des habitans
en rend bientôt le séjour insipide.

Les pyramides sont à 5 lieues de cet endroit, et néanmoins il semble que l'on n'en soit qu'à une portée de fusil.
J'étais d'un rassemblement qui s'y rendit le 8 Nivôse de
l'an 7. Nous traversâmes une plaine magnifique et bien
cultivée, et n'arrivâmes à ces monumens qu'après quatre
heures de marche, ayant été obligés de prendre un grand
détour, à cause des inondations du Nil (1). Nous passâmes sur deux ponts de pierre, rapprochés l'un de l'autre,
assez beaux et presque entiers : ils sont à une demi-lieue
à peu près des pyramides. La construction en est aussi
simple que solide, et les pierres des parapets, chargées de

_____

(1) Dans le temps du débordement on y va par eau.

larges caractères arabes, indiquent suffisamment qu'ils sont l'ouvrage des Califes. Leur position, à 2 lieues et demie du Nil, autorise à penser qu'un canal, tiré de ce fleuve, passait autrefois par là. Près de ces ponts sont des restes de murailles de briques, qui forment une enceinte très-vaste. On présume que c'est l'emplacement de quelque ville ancienne, où s'arrêtaient les convois funèbres lorsqu'ils allaient aux pyramides. Un peu plus loin, vers le nord, se trouve un gros village où l'on prend des guides pour visiter l'intérieur de la grande pyramide. Les paysans de cet endroit, dont l'extérieur, au reste, n'annonce rien de bon, sont la plupart des voleurs entendus avec les Arabes-Bédouins, pour détrousser les voyageurs isolés. Aussitôt qu'ils en aperçoivent au loin dans la plaine, ils sortent de leur village, se mettent en embuscade, et guettent le moment de les dévaliser; mais s'ils voient des gens armés et en bon nombre comme nous étions, alors ils font les serviables, et viennent se présenter pour vous conduire. Excessivement superstitieux, ils s'imaginent que les pyramides renferment des trésors, gardés par des esprits qui veillent jour et nuit, et que nous autres européens, nous savons le secret d'endormir ces argus, pour enlever les richesses qu'ils gardent avec tant de vigilance. Or, comme ces paysans, qui craignent les esprits, n'osent pas fouiller là où ils les croient en sentinelle, ils sont jaloux que d'autres, plus hardis qu'eux, profitent des trésors: c'est-là ce qui leur fait prendre les Européens en aversion. Pour le dire en passant, partout où il y a des ruines, les habitans sont imbus des mêmes préjugés.

A mesure que l'on approche des pyramides, l'admiration augmente avec l'étonnement; et lorsqu'on y est arrivé, on a peine à en croire ses yeux. Chacun se demande

4

s'il est possible que des hommes aient élevé des masses aussi prodigieuses, et dans un lieu absolument dépourvu de matériaux, sans le secours divin. Ces pyramides sont au nombre de trois : deux grandes et une petite : on n'y voit ni ornement, ni sculpture; ce sont tout simplement des pierres posées les unes sur les autres, mais dans un ordre admirable. La plus grande (dont je parlerai d'abord), se présente la première, la seconde ensuite, et enfin la petite, qui peut être à 200 toises de celles-ci, vers le couchant.

La première pyramide a environ 700 pieds de haut. Plusieurs voyageurs anciens, parmi lesquels on compte Hérodote, assurent qu'elle a 800 pieds bien comptés; mais on sait que ce père de l'histoire, estimable à plus d'un titre, est peu exact, et qu'il a débité, de la meilleure foi du monde, beaucoup de fables sur l'Egypte, parce qu'il avait consulté les prêtres, qui ne donnaient jamais que des notions fausses sur leur pays, afin que les étrangers, dont ils se méfiaient, ne pussent rien savoir de certain à cet égard.

On monte au sommet de cette pyramide par 550 degrés de pierre, dont quelques-uns ont 4 pieds et demi d'épaisseur. Cela, joint aux dégradations occasionnées par le temps, fait que l'on ne parvient qu'avec beaucoup de fatigue jusqu'au haut; mais aussi on est bien dédommagé de ses peines, lorsqu'on peut atteindre la plate-forme, qui est très-unie, et a 48 pieds carrés, quoique d'en bas elle paraisse tout au plus de la largeur de la main. C'est de là que l'on jouit de la plus belle vue, et que l'œil embrasse tout ce qui l'environne.

Vous voyez en même temps des campagnes superbes et des déserts immenses ; des villes et des villages au milieu des

-eaux ; une terre parée de tous ses charmes, à côté d'une affreuse stérilité : les troupeaux errans dans les prairies, vous semblent des atomes qui s'agitent sur une feuille. Si vous regardez au midi, l'Egypte vous parait une lisière verte, jetée au hasard sur un fonds sablonneux ; et le Nil, ce roi des fleuves, n'est plus qu'un petit filet d'eau : les grands lacs sont des glaces où se réfléchissent les rayons du soleil. On découvre ensuite cette chaîne de montagnes qui, partant des Cataractes, semble fuir vers Alexandrie. La Méditerranée borne l'horizon au nord, mais on ne peut la distinguer à l'œil nu. Le Delta, ce nouvel Eden, présent du Nil et ouvrage de plusieurs siècles, fixe bientôt votre attention. A l'orient et au couchant sont des plaines arides où l'on n'aperçoit pas la moindre végétation.

Il y a apparence que ceux qui élevèrent ces monumens (1), n'eurent pas pour unique but de les consacrer à la sépulture des rois, et qu'ils s'en servirent encore pour observer les mouvemens des astres. On est d'autant mieux confirmé dans cette conjecture, que les quatre faces de cette pyramide répondent précisément aux quatre points du monde. Toutes les nations de l'univers, anciennes et modernes, sont venues s'inscrire sur les pierres de cet édifice. On y lit, depuis le sommet jusqu'à la base, des inscriptions en toutes les langues : c'est un recueil immense de dates, de noms célèbres et obscurs, parmi lesquels ceux de plusieurs illustres personnages romains se font remarquer. Nous avions souvent entendu dire que de la plate-forme il était impossible, en jetant une pierre avec la

(1) Les Israélites, durant leur captivité, furent employés l'espace de 20 ans, au nombre de 300 mille, à la construction de ces ouvrages.

fronde, qu'elle parvînt jusqu'en bas. Nous en fîmes l'épreuve à plusieurs reprises ; la pierre ne descendit seulement pas à moitié : cela n'étonnera guère, si l'on considère que la base couvre une surface de 800 pieds carrés.

A la huitième marche en montant, on trouve l'ouverture de cette pyramide, qui est percée directement à l'orient : elle n'a pas plus de 5 pieds en tout sens; et pour y pénétrer, il faut se laisser glisser accroupi sur les talons, ou à reculons, en ayant la précaution de fixer le bout des pieds dans des entailles pratiquées dans les pierres qui sont taillées en dalles, d'une pierre blanche très-dure et très-polie, approchant beaucoup du marbre. On se munit d'un flambeau à l'entrée. Lorsqu'on est parvenu au fond de ce soupirail, qui a 100 pieds de profondeur en pente très-rapide, on est obligé de passer, avec beaucoup de peine et presque à plat ventre, par un trou semblable à l'antre d'un rocher. Ce pas fait, une voûte longue et spacieuse, d'environ 35 pieds de hauteur, se présente devant vous : elle est revêtue de granit. La montée est extrêmement rude, et l'on y a pratiqué des entailles comme dans le premier soupirail. Si vous en manquez une, vous glissez avec rapidité jusqu'en bas, car les dalles sont aussi unies qu'une glace ; mais on ne se fait pas de mal. Cette voûte, qui résonne au moindre bruit, aboutit à deux chambres. La première se nomme chambre de la reine; elle est petite et si infecte par l'air méphitique qu'on y respire, qu'il serait dangereux de s'y arrêter trop long-temps. La seconde est à quelques pieds au-dessus; on y monte par une petite échelle en bois; on la désigne sous le nom de grande chambre ou chambre du roi : elle est également revêtue de beau granit poli, comme dans l'autre et dans tout l'intérieur de la pyramide; elle a 15 pieds

de long sur 10 de haut ; au milieu est un sarcophage aussi
de granit, de 7 pieds sur 5 et demi, sans sculpture, ni
bas-reliefs ; le recouvrement en a été enlevé : cette pièce,
en frappant dessus, rend un son semblable à celui d'une
cloche. Voilà absolument tout ce qu'il y a dans ces deux
chambres. A 50 pieds plus haut, on en trouve une autre
à laquelle on ne sait quel nom donner, ni à quel usage
elle peut avoir servi, par la singularité de sa construction
dans le haut et l'épaisseur de la pyramide, sans marches,
ni appuis pour y monter. Elle fut découverte par un voyageur moderne (je crois que c'est par Bruce, lorsqu'il alla
reconnaître les sources du Nil); il y a fait dresser une haute
échelle qu'il a laissée, pour servir sans doute à ceux qui
viendraient après lui. Cette chambre est, à proprement,
parler, une caverne. Cependant, le plafond et les murs,
qui sont de granit, sont réguliers comme dans les appartemens ordinaires ; elle n'a pas plus de 2 pieds et demi
de haut sur 8 de long. L'ouverture, qui est taillée en limaçon, n'a guère plus d'un pied et demi de large ; aussi je
suis persuadé qu'un homme de quelque peu d'embonpoint,
n'y pourrait pénétrer. L'intérieur est rempli de fiente de
chauve-souris (qui sont en quantité prodigieuse dans
tout l'édifice), ce qui fait penser que, depuis tant de siècles, cet appartement en aura été encombré, et qu'il doit
avoir 10 pieds d'élévation comme les deux premiers.
Pour sortir de ce repaire (car le nom lui convient), de
même que pour y entrer, il faut se traîner péniblement
sur les genoux, dans un boyau de 42 pieds de profondeur sur 2 de hauteur, et avaler la poussière infecte que
font ceux qui sont devant et derrière. Ajoutez à cela la
fumée épaisse d'un flambeau dans un passage aussi étroit :
c'est une véritable image de l'entrée du Ténare : on se croit
transporté aux temps fabuleux.

Nous cherchâmes ensuite ce puits, dont les auteurs grecs font une description si merveilleuse : c'était par là que ceux qui voulaient s'initier aux mystères d'Isis, prenaient leur route : on le reconnaît facilement ; il est à droite en entrant, vers le milieu de la grande voûte. Ce puits, qui a 45 pieds environ de profondeur, est fort étroit ; on y descend par le moyen d'une corde attachée à un petit soliveau qui traverse son ouverture. Au fond, est un souterrain très-bas, qui conduisait au temple de la triple Divinité (Osiris, Isis et Horus), et à celui du bœuf Apis, ou plutôt à son étable. Les prêtres habitaient les galeries adjacentes avec leurs familles, qui n'en pouvaient jamais sortir ; ils y formaient un peuple à part et fort considérable ; ce qui a fait dire qu'en Egypte, les entrailles de la terre recélaient autant d'habitans que sa surface. On ne peut avancer que quelques pas dans ce souterrain, le reste étant aujourd'hui entièrement comblé. Les savans doivent regretter de ne pouvoir pénétrer au-delà ; car, si l'on s'en rapporte aux traditions, ces voûtes renferment des choses étonnantes, qui donneraient de grandes lumières sur l'histoire et les usages de l'ancienne Egypte.

Tout l'intérieur de cette pyramide a vraiment l'aspect sombre et silencieux d'un tombeau. C'est bien là le séjour de la mort ; on y est saisi d'une secrète horreur, et tout ce qu'on y voit, est mystérieux pour des vivans. Il n'y a aucune espèce de doute que ces monumens n'aient été élevés pour servir de tombeaux à des rois qui voulaient éterniser leur nom et leur magnificence. Ils croyaient, comme le reste du vulgaire, qu'après un nombre déterminé de siècles, ils reviendraient à la vie, si leurs corps n'avaient éprouvé aucune altération dans les tombeaux ; ce qui explique les soins particuliers qu'ils prenaient pour mettre à l'abri leurs momies. Les rois de Mem-

phis , émules de ceux de Thèbes, après avoir consulté la
nature du terrain , remplacèrent, par des constructions
colossales, les excavations prodigieuses de la première capitale. L'inspection des lieux fait suffisamment connaître
les raisons du changement apporté dans la structure de
ses sépultures, par un peuple aussi scrupuleux observateur
des usages de ses ancêtres. La montagne, au lieu d'être,
comme dans toute la Haute-Egypte, coupée à pic, vient
mourir en pente douce sur le terrain cultivé. Les puits
que l'on trouve à la surface du roc, ne représentent qu'im-
parfaitement les magnifiques catacombes de la Thébaïde :
ils sont, dans beaucoup d'endroits, très-rapprochés les
uns des autres ; en sorte qu'il y a tout lieu de croire qu'ils
s'ouvraient dans une chambre bâtie sur le roc , et qui
remplissait l'objet des grottes sépulcrales qu'il avait été
impossible de pratiquer dans ce lieu.

Il est notoire , par les fractures que l'on aperçoit à
l'ouverture de la grande pyramide, qu'elle était primiti-
vement fermée comme les deux autres ; et que cet asile
des morts aura été violé à une époque qu'on ne saurait
justement assigner. Ceux qui l'ont ouverte , s'étaient sûrement attendus à y trouver des trésors immenses ; mais
n'y ayant vraisemblablement rencontré qu'un squelette,
comme dans le tombeau de Cyrus , cela les aura détourné
de faire ouvrir les deux autres pyramides qui sont restées
intactes.

Les deux premières , que des voyageurs ont supposé
mal à propos être recouvertes par les sables dans leur
base, sont assises sur un massif de pierre taillé au ciseau.
L'élévation de ce plateau, quoique peu supérieur au niveau des terres, ne laisse pas pourtant que d'ajouter encore
à l'aspect imposant de ces édifices. C'est là que commence

la Lybie et ses vastes déserts : les pyramides sont bâties
sur son sol.

La seconde pyramide, qui est le modèle de l'autre, a
un peu moins d'élévation et de volume. Le haut est recou-
vert de marbre blanc ; ce qui fait présumer qu'elle l'a été
entièrement et qu'on en a enlevé le marbre, ou qu'elle n'a
pas été achevée : cette dernière conjecture paraît cependant la plus probable.

Une célèbre courtisane, nommée *Rhodope* (à ce que
dit l'histoire), fit bâtir, des présens de ses amans, la petite pyramide, qui ne fait pas la moitié de la grande, et
qui, si on la voit la première, est regardée comme le dernier effort du génie des hommes ; elle a, sur les deux autres, la supériorité de l'élégance. On en voit beaucoup
d'autres petites tombant en ruines ; ce qui donne lieu de
penser que ce genre de mausolée était adopté parmi les
grands et les riches qui voulaient imiter les rois. Pendant
notre séjour en Égypte, on travailla à démolir plusieurs
de ces petites pyramides que l'on croyait creuses ; mais ce
n'était qu'un amas de pierres. Il est présumable néanmoins
qu'elles ont chacune une cavité ou puits qui renferme des
momies, et il aurait fallu que le temps eût permis de
fouiller plus avant pour s'en assurer. Des événemens militaires, survenus dans le mois de Ventôse an 9, firent
abandonner tout-à-fait ces fouilles. On avait aussi com-
mencé à travailler sur la troisième pyramide : une incision, déjà assez profonde, avait été pratiquée sur sa face
orientale, à peu près vers le milieu, et rien n'indiquait encore une cavité semblable à celle de la grande pyramide.
Il me sembla que cette ouverture avait été pratiquée un
peu trop haut : on aurait eu beaucoup plus à démolir, il
est vrai, par la base, parce qu'il y a plus d'épaisseur ;

mais aussi on avait plus de certitude de trouver une issue
par le bas que par le haut.

L'architecture de ces édifices est aussi simple que noble : sans doute que ceux qui en conçurent le plan, jugè-
rent que la sculpture et autres recherches de l'art seraient
frivoles dans ces masses énormes, et nuiraient à leur majesté. La matière en est si bonne, et le climat du pays est
si beau, que l'on dirait que ces ouvrages viennent d'être
finis ; ils ont bravé les outrages du temps, le fer des Barbares, et la fureur insensée de Cambyse, qui renversa les
plus beaux monumens de l'Egypte. Près de la grande pyramide, on voit une grotte assez bien conservée et formée
de quatre pierres, sur l'une desquelles est représentée une
scène domestique : ces sculptures sont très-défectueuses.

Nous allâmes ensuite visiter le *sphinx*, ce fameux ora-
cle de l'ancienne Egypte. Il n'en reste plus que la tête,
qui a 27 pieds de haut. Cette tête est effrayante par
sa monstruosité. La justesse des proportions y est admirable, et le caractère mystérieux et problématique que
l'artiste a voulu lui imprimer, est parfaitement rendu.
Les Arabes ont mutilé le nez à coup de lances (1), ce
qui la défigure beaucoup. On avait choisi un rocher de 50
pieds de long pour l'exécution de ce *sphinx*. Les traces
du corps qui se voient encore, ne laissent aucun doute à
cet égard. La tête de ce colosse est creuse à la manière
des anciennes statues qui rendaient des oracles, et les prêtres y communiquaient probablement par les souterrains
des pyramides. Le peuple avait une grande vénération

(1) Tous les habitans de l'Egypte, Chrétiens, Coptes et Musulmans, ne sont d'accord qu'en ce seul point : la mutilation des sculptures et la destruction des monumens anciens.

pour ce *sphinx*, et le venait consulter dans ses calamités, tandis que les esprits forts du temps ne le regardaient peut-être que comme le symbole des saisons et de l'inondation du Nil.

Il parait que les eaux de ce fleuve furent détournées de leur cours ordinaire, et qu'elles furent amenées sur ces monumens, pour détacher, par leur courant, le ciment qui liait les pierres de la grande pyramide. Le même procédé aura sans doute été employé pour faire disparaitre le corps du *sphinx*. Ce qui appuie ce soupçon, c'est la quantité de coquillages et de gravier en bloc que l'on trouve en cet endroit, et les sillons profonds des courans d'eau empreints derrière la tête de ce colosse.

Les pyramides et le *sphinx*, voilà donc les seuls restes de cette magnifique capitale des Pharaons ? Nous quittâmes enfin ces merveilles, pleins d'admiration et comme saisis de respect. Combien l'homme ici est grand dans ses œuvres ! On est quelquefois tenté d'interroger ces monumens sur l'âge du monde ; et plus souvent il semble qu'ils nombrent les siècles et les empires qu'ils ont vu passer.

Nous nous rendimes le même jour à Sakkara, où sont dix autres pyramides bâties de briques. Quelques-unes sont à moitié ruinées. Deux, qui sont d'une dimension encore plus volumineuse que celle de la première pyramide de Gizéh, sont en assez bon état. La plus grosse, qui semble de loin une montagne, est ouverte, et son intérieur ressemble exactement à celui que nous avons déjà vu. Nous arrivâmes à Sakkara après six heures de marche. Un des puits qui servent d'entrée aux galeries d'où l'on tire les momies d'oiseaux, était ouvert ; on y descendit, on visita ces immenses souterrains, et l'on vit encore un nombre incalculable de pots de terre, renfermant les restes des dieux emplumés des anciens Egyptiens. Nous parcourûmes ensuite la plaine des momies, terrain aride, couvert de cailloux, de débris de poterie et d'ossemens qui, sans comprendre les pyramides de Gizeh, offre un espace de 10 lieues de circuit, consacrées à servir de cimetière à la ville de Memphis. Les Egyptiens d'aujourd'hui ont conservé, dans leurs sépultures, quelque chose de la magnificence de leurs ancêtres ; ils leur donnent le nom de *Ville des tombeaux*, et effectivement, on les prendrait de loin pour autant de villes. Le Caire a plusieurs beaux cimetières.

« Nous ne sommes que passagers sur cette terre d'in-
« fortune, dit Mahomet dans son *koran*. O vrais croyans !
« gardez-vous de bâtir solidement ces demeures terres-
« tres que vous n'habiterez qu'un jour ; mais donnez
« tous vos soins aux demeures éternelles, et bâtissez-les
« solidement, car vous les habiterez long-temps. »

D'après ces principes, on embellit les tombeaux, on les répare soigneusement chaque année ; tandis qu'au contraire on laisse tomber sa maison en ruines.

Ces tombeaux sont des espèces de sarcophages à l'antique, construits de pierres ou de briques crépies de plâtre, et sur la sommité desquels on plante des fleurs et des cyprès. Les riches ont des mausolées de marbre, surmontés d'une colonne cannelée, et d'un turban avec des inscriptions en lettres d'or. Les plus opulens y ajoutent des dômes, des colonnades de marbre, et quelquefois des jardins superbes : c'est sous ces ombrages solitaires, que la tristesse aime à se recueillir : c'est là que soir et matin, la pitié filiale vient visiter des restes qui lui sont chers, et arroser, d'une main tremblante, ces fleurs et ces cyprès qui semblent naître du sein de la mort même.

Le vendredi, jour de repos dans la religion musulmane , est consacré à aller pleurer sur les tombeaux. Les femmes s'y rendent dès le lever de l'aurore, pour ne pas se rencontrer avec les hommes, qui y vont plus tard. Ces femmes, enveloppées dans leurs mantes de taffetas noir, forment par leur réunion un tableau vraiment lugubre. Ajoutez à cela les lamentations, les sanglots de celles qui ont perdu tout récemment quelque personne qui leur était chère, et vous n'aurez encore qu'une faible idée de la réalité. On porte aux morts des fleurs et des branches de palmiers, et dans certains temps, du riz, du miel et des gâteaux, que l'on dépose sur la tombe ; mais le riz, le miel et les gâteaux se mangent en leur honneur. On leur conte ses peines, ses espérances et ses prospérités : on les interroge, comme s'ils pouvaient répondre, et on les assure d'une tendre affection. Enfin, les vivans communiquent sans cesse avec les morts, et leur demandent des conseils pour se conduire dans les occasions difficiles.

Nous partîmes de Sakkara pour aller à une lieue de là reconnaître *Méthraine*, où nous avions la certitude de retrouver les ruines de Memphis. En y arrivant, nous eûmes la conviction que nous étions sur le sol de cette ancienne capitale de l'Egypte, par la quantité de blocs de granit couverts d'hiéroglyphes et de figures qui se trouvent autour, dans une esplanade environnée de monceaux de décombres qui ont 3 lieues de circuit. S'il nous était resté quelques doutes, ils se seraient évanouis à la vue des débris d'un des colosses qu'Hérodote dit avoir été élevé par Sésostris, devant une des entrées du temple de Vulcain. Le poignet de ce colosse, qu'un de nos savans fit enlever, annonce que la statue entière devait avoir 45 pieds de haut.

La plaine occupée par les débris des momies, est un vaste champ pour les observations. Que de faits intéres-

sans à recueillir, si les sables apportés par les vents de
l'ouest, ne la dérobaient pour ainsi dire à la vue! Peut-
être le labyrinthe est-il enseveli tout entier sous ces sables,
ainsi que le Sérapéum, ce temple magnifique consacré à
l'inhumation du bœuf Apis, le dieu favori de Memphis?

Près de là, on trouve l'ancien cours du Nil qui se ré-
pandait dans la Lybie, et que l'on suivait pour se rendre au temple de Jupiter-Ammon, si célèbre dans l'antiquité par ses oracles. Ce temple, dont quelques voyageurs modernes ont reconnu les ruines, se trouve à huit
journées de Sakkara, en tirant vers l'ouest, et par con-
séquent perdu au milieu des déserts. Au nord de Mé-
thraïne, dans la direction de Térané, est le lac Natroun,
d'où l'on tire cette espèce de sel gemme si précieux pour
la médecine, et dont on charge, chaque année, plusieurs
chameaux pour le compte du grand seigneur. Des écrivains ont rapporté, sur la foi des Naturels du pays, que
ce lac (qui ne présente qu'une croûte saline), contenait
des pétrifications fort extraordinaires. Ce sont des troupeaux de moutons pétrifiés, des bœufs, des mâts, et
même des vaisseaux tous entiers : rien de tout cela n'existe.
Il est vrai qu'à une certaine distance on peut facilement
s'y méprendre, et que les rochers, dont le sol est hérissé,
trompent singulièrement l'optique; mais en touchant les
objets, on s'aperçoit que ce n'est qu'un jeu de la nature.
On rencontre cependant quelques pétrifications assez cu-
rieuses. A quelques milles du lac Natroun, est celui de
Garn, qui a beaucoup moins d'étendue. On part de ce lac
pour se diriger sur le *Birk-el-Karoun* (1) (palais de

_____

(1) C'est ici que la fable de Caron et de sa barque a pris naissance.
Ce Caron, qui a effectivement existé, avait son habitation au milieu

Caron): où y trouve les ruines d'un grand monument
d'une construction particulière ; et différente des restes
que nous connaissons de l'ancienne Egypte. On voit encore plusieurs murs de briques, composées de craie blanche et de paille hachée. Leur plan, très-régulier, indique
un vaste palais ; mais les Arabes le désignent sous le nom
de *Medinet Namroud* (ville de Namroud), à cause de la
croyance où ils sont, que tout édifice d'une étendue considérable, est une ancienne ville.

Le *Birk-el-Karoun*, qui paraît n'être plus qu'une
cunette du lac Mœris (dont on a beaucoup exagéré l'étendue), a environ 22 mille toises de longueur : il laisse,
entre ses bords et la montagne qui l'avoisine, une plage
immense qui a environ 5 mille toises de largeur à l'est, et
se termine en pointe à l'ouest, où l'extrémité du lac baigne
le pied de la montagne. On présume qu'il communiquait à
la Méditerranée par un canal désigné par les gens du pays,
sous le nom de *Bahhr-Bela-Mah* (fleuve sans eau). Ce lac
avait pour objet de débarrasser le Nil des eaux superflues
dans les crues extraordinaires, et de suppléer au manque
d'eau, lorsque l'inondation n'arrivait pas au point desiré.
On pratiquait alors plusieurs saignées sur ce vaste réser-
voir, et les terres se trouvaient arrosées et fertilisées tout
d'un coup : projet vraiment digne d'un grand prince.

Nous allons revenir sur nos pas pour parcourir rapidement la Haute-Egypte. A 25 lieues au-dessus du Caire,
et à l'occident du Nil, est la province de *Fayoume*, sur-
nommée *le jardin de l'Egypte*, et connue des anciens

---

du lac *Mœris*, et venait prendre dans sa nacelle les corps qu'on lui
amenait sur la rive, pour les déposer dans les caveaux des pyramides qui s'élevaient au milieu du lac.

sous le nom de *Nôme-Arsinoïte*, dont Arsinoë étoit la capitale : c'est une île formée par le Nil ; elle produit plusieurs fruits étrangers au sol de l'Egypte, tels que pommes, poires, prunes, etc. Les chevaux y sont fort beaux. *Minyéh* et *Beny-Souef* sont ses principales villes. Beny-Souef (ancienne Hermopolis), est à 20 lieues du Caire, et sur le bord du Nil. Son chanvre et son lin lui donnent beaucoup de renommée.

Minyéh est une jolie ville, assez commerçante, à quelques lieues de la première, en remontant le Nil. Le Saïd commence un peu au-dessous de cet endroit. La petite Oasis(1) est située entre Beny – Souef et Minyéh, à 25 lieues loin du Nil vers le sud-ouest.

La ville la plus marchande et la plus vivante de la Haute-Egypte, c'est Siouth, qui en est aussi une des plus belles et des plus grandes ; elle est à 2 lieues du Nil, et à 80 du Caire, au pied d'une montagne où l'on voit quantité de magnifiques grottes habitées par des Copthes : elles servirent autrefois d'asile à ces pieux solitaires qui ont illustré par leur pénitence les déserts de la Thébaïde. Siouth est le rendez-vous des caravanes qui vont dans l'Abyssinie et qui en viennent. C'est à la fois l'entrepôt des marchandises de l'intérieur de l'Afrique, et une foire perpétuelle où se font les échanges des différentes productions du pays. Les pélerins d'Abyssinie y tiennent de beaux *bazars*, et

---

(1) C'est une espèce d'île, ou plutôt de terre vive, au milieu des déserts. Il y en a deux en Egypte : celle-ci et la grande, vis-à-vis Girgéh, à 45 lieues du Nil, vers l'ouest. Depuis Alexandre, aucun voyageur n'y a été, de sorte que l'on ignore absolument dans quel état elles sont actuellement. On présume que quelques tribus d'Arabes y mènent paître leurs troupeaux et les habitent une partie de l'année.

y laissent la plus grande partie de leurs nègres, que l'on obtient à bien meilleur marché qu'au Caire.

Girgéh, capitale de la Haute-Egypte, est très-grande et très-peuplée, mais mal bâtie. Son principal commerce consiste en blé, lentilles, fèves, toiles, laines et sucre, qu'elle envoie brut au Caire, où on le raffine. Les environs de cette ville offrent à l'œil toutes les richesses de la nature accumulées sur un seul terrain. Ce sont d'immenses champs de blé dont on n'aperçoit pas la fin, des plantations de sucre et d'indigo, des plaines semées de lentilles, de fèves, de lin, de chanvre, et des gras pâturages. Comme dans la Basse-Egypte, les bords du Nil sont couverts de troupeaux de buffles : ces animaux se plongent dans l'eau jusqu'au cou, pour éviter la chaleur, et y restent quelquefois toute la moitié du jour. Ces têtes noires et sauvages, armées de longues cornes, que l'on aperçoit hors de l'eau, font un effet vraiment singulier, surtout de loin; il semble que, détachées de leurs corps, elles flottent à l'aventure, et s'avancent vers vous.

On peut, après avoir vu Girgéh, se former une idée de la Haute-Egypte. A mesure que l'on monte, et que le terrain se rétrécit entre les deux chaînes stériles qui l'enferment, on remarque même que la végétation acquiert encore plus de forces, et la nature de nouveaux charmes : on dirait que cette mère prodigue veut témoigner à l'Egypte, en l'accablant de présens, le regret qu'elle a de la quitter pour aller expirer dans les déserts qui l'attendent aux confins de la Nubie.

Il faut voir Kenneh (l'ancienne Thèbes), Luxor, les temples d'Esneh et de Denderah, pour se convaincre de la majesté de l'architecture des anciens Egyptiens : on se croit transporté dans le pays des *fées* et des *génies*. Ce ne sont que colosses, que portiques gigantesques de deux seuls blocs. Des obélisques, des colonnes d'une hauteur prodigieuse, se trouvent entassés dans un espace très-rapproché. A quelques pas plus loin, on voit une allée de *sphinx*, d'un quart de lieue de long. Personne ne résiste à l'impression de grandeur que produit l'accumulation de ces masses ; presque toutes sont de granit. Plusieurs temples subsistent encore, aussi bien conservés que le plus récent de nos édifices publics, et cependant le plus moderne n'a pas moins de 4000 ans.

Les montagnes de la Lybie sont percées en face de Thèbes, d'un nombre étonnant de grottes sépulcrales, ornées de bas-reliefs et de peintures à fresque. Elles servirent d'habitations aux premiers hommes qui peuplèrent les bords du Nil, et ils en firent ensuite des caveaux pour leurs momies : on en trouve tous les jours dans ces souterrains, où elles sont placées dans des espèces de niches. J'ai vu au Caire trois de ces corps embaumés ; ils étaient renfermés dans des coffres de bois de sycomore, qui s'ouvraient comme un étui de violon. Ils avaient en outre une enveloppe de carton très-épais, formé de toiles collées les unes contre les autres. Deux des coffres étaient sculptés ; le troisième était sans ornement en relief, mais son enveloppe de carton était couverte d'hiéroglyphes. Dans une autre momie, les hiéroglyphes étaient dessinés sur le coffre de bois qui était tapissé de toiles fines et peintes, et l'enveloppe de carton ne présentait que des peintures insignifiantes, mais qui avaient conservé tout leur éclat et toute leur fraîcheur. Ces momies, comme celles que j'ai eu occasion de voir par la suite, étaient entortillées de longues et larges bandes de toile, depuis la tête jusqu'à l'extrémité des pieds ; les ongles, qui dans quelques-unes

5

étaient dorés, avaient un entourage de fil, pour les empêcher de tomber. On a trouvé dans la bouche de plusieurs momies une petite pièce d'argent : c'était le tribut qu'il fallait payer pour passer l'Achérou.

Les Egyptiens embaumaient avec de la gomme de cèdre, de la myrrhe, du cinnamome et d'autres aromates. On faisait au corps une incision latérale, pour en retirer les viscères : il ne restait que le cœur et le foie. On vidait également la tête, que l'on remplissait de gomme. Ceux qui embaumaient, étaient en horreur parmi le peuple ; et aussitôt qu'ils avaient fini, ils étaient obligés de s'enfuir, sans quoi ils s'exposaient à être lapidés : la même aversion existe chez les Indiens, envers ceux qui enterrent les morts.

On peut voir, d'après ce que j'ai dit ci-dessus, les soins que les Egyptiens donnaient à la conservation des corps morts, et en quelle vénération ils étaient parmi eux. Aujourd'hui encore, les morts sont comme un objet de culte chez les Musulmans : on ne les embaume plus ; mais on les lave, on les parfume, on les pare de fleurs, et sur un champ de bataille, un mort est enlevé soigneusement et avec promptitude, tandis que le blessé reste abandonné à ses souffrances.

C'est à 18 lieues au-dessus de Syène et dans les îles Eléphantines, que se trouvent ces carrières de granit, d'où l'on exploita, pendant des milliers d'années, tant de blocs prodigieux. Plusieurs sont demeurés sur la place où ils furent taillés, les uns finis, les autres ébauchés ; tous sans la plus légère empreinte du passage des siècles.

Syène ou *Assouan* est sur le bord oriental du Nil, vis-à-vis la petite cataracte, et sous le tropique du Cancer. Cette ville est une des premières que fondèrent ces Ethiopiens fugitifs qui vinrent s'établir en Egypte. C'est le lieu de la terre le plus favorable pour observer les astres : jamais peut-être le ciel n'y fut couvert de nuages.

La petite cataracte, et la première (car on en compte trois), est située sur les frontières de la Nubie : elle n'est pas fort haute, aussi voit-on des gens du pays la descendre hardiment en bateau. Elle coule sur un lit de rochers. La plus haute cataracte, qui se trouve plus loin dans l'intérieur de la Nubie, a 200 pieds de haut.

Ayant ainsi parcouru l'Egypte d'une extrémité à l'autre, il me reste à parler de sa population, de son étendue et de sa position géographique : elle a trois millions et demi d'habitans, et environ 200 lieues de long sur 60 dans sa plus grande largeur, c'est-à-dire, depuis Alexandrie jusqu'à Tinéh (l'ancienne Péluse), à l'entrée du désert de Syrie ; mais en partant du Caire le terrain va toujours en se rétrécissant jusqu'à la première cataracte, de sorte qu'en certains endroits les deux rives ensemble n'ont guère plus de 4 à 5 lieues de large. Ce pays est borné au sud par la Nubie, au nord par la Méditerranée, à l'est par la mer Rouge et l'isthme de Suez, et à l'ouest par la Lybie et la Barbarie. On le divise en haute, moyenne et basse Egypte. La basse s'étend d'Alexandrie au Caire ; la moyenne, du Caire à Bény-Souef ; la haute comprend tout ce qui se trouve entre cette dernière ville et la petite cataracte. On la nomme aussi *Thébaïde*.

Lorsqu'on réfléchit sur la situation avantageuse de l'Egypte, on cesse de s'étonner de l'état de splendeur où elle parvint sous ses anciens rois. Placée entre deux mers et au centre du monde, toutes les richesses de l'Orient

et de l'Occident durent nécessairement s'accumuler dans
ses ports ; tout l'or des nations vint s'y engloutir : commerce immense et le plus étonnant dont il soit mention
dans les annales des peuples. Les Vénitiens, qui entre-
tinrent long-temps avec l'Inde des communications par
Suez (1), surprirent l'Europe encore à demi-barbare, par
l'accroissement subit de leur puissance. L'Italie entière,
particulièrement Gênes, avait pris part à cette bonne fortune. Ce n'était que luxe, que palais superbes qui s'élevaient de toutes parts, tandis que le reste de l'Europe,
et cette Angleterre elle-même, aujourd'hui si orgueilleuse
d'un commerce beaucoup moins solide que celui dont nous
parlons, étaient en proie aux guerres civiles et se couvraient
de laine grossièrement travaillée, ou de peaux de moutons. A cette époque, l'Egypte, quoique courbée sous le
joug des Califes, crut voir renaître ses beaux jours; mais
les Portugais, jaloux de ce haut degré de gloire et de pros-
périté où la république de Venise était parvenue, lui enle-
vèrent enfin la source de ses richesses. Le commerce des
Indes par la route de Suez fut anéanti, et aussitôt l'Egypte
retomba dans l'obscurité d'où elle n'est plus sortie depuis
lors. Si les grands desseins du héros qui dirige aujour-
d'hui nos destinées, n'eussent point été traversés, il n'y a
point de doute que ce beau pays n'eût reparu avec éclat
parmi les nations civilisées : et qui sait, si ce temps promis à l'Egypte pour sa résurrection, ne reviendra pas un
jour? Mais il ne m'appartient pas de soulever le voile
qui dérobe l'avenir.

Je dois présentement faire connaître Suez, ce point si
fameux dans la géographie et l'histoire du commerce.

_____

(1) C'est en effet la vraie route; mais la barbarie du gouvernement
des Mamelouks l'a fait abandonner tout-à-fait aux Européens.

Suez, distant du Caire d'environ 27 lieues, est situé sur
la mer Rouge (1), vis-à-vis la côte d'Arabie et le mont
Sinaï. Pour s'y rendre on prend sa route par la *Quonbé*,
qui est un caravansérail superbe, à un quart de lieue à
l'est du Caire. De là, on va à *Birket-el-hadji* (lac des
pélerins), où nous avions un poste fortifié. Les Romains
y en entretenaient aussi un, et l'appelaient *scenæ veteranorum* (tentes des vétérans). A une journée de marche
de cet endroit, on trouve l'arbre d'*Amra*, qu'on aperçoit seul, et plusieurs heures avant que d'arriver auprès
de lui, au milieu d'une plaine couverte de cailloux. La
vue de ce beau végétal est extrêmement agréable aux
voyageurs fatigués de la monotonie de cette nature
morte et de ces déserts indéfinis. Les pélerins rendent un
singulier hommage à l'*Amra*; ils y accrochent de vieilles
loques et des chiffons : c'est une manière de dire, *j'ai
passé par ici*. On couche, à la seconde journée, au puits
d'*Adjéroud :* ce puits, profond de 50 à 60 brasses, fournit une eau salée que les hommes ne peuvent boire, mais
qui est bonne pour les chameaux et pour les chevaux
arabes. On a construit autour une enceinte flanquée de
deux tours. A une petite distance, est un château qui
tombe en ruine. Ces ouvrages, faits dans le désert, loin
de l'eau douce et des subsistances, ont vraiment de la
grandeur.

D'*Adjéroud* à Suez, il y a à peu près cinq heures de
marche. A une lieue avant que d'arriver, on trouve le
Bir-Souez (puits de Suez), dont les eaux sont un peu
moins salées que celles d'*Adjéroud*. Suez reste désert,
la plus grande partie de l'année ; le port et les rues sont

---

(1) Les Arabes lui donnent le nom de mer de *Kelzoum*.

dans un état de délabrement qui fait peur : on y voit cependant quelques beaux magasins. Cette ville est absolument dépourvue des choses nécessaires à la vie, et l'on est obligé de tirer du Caire, ou des provinces voisines, les vivres, et jusqu'à l'eau. Les négocians, que leurs affaires y appellent, y vont une fois par an, à l'époque où les bâtimens de l'Arabie y apportent des marchandises.

Une quinzaine d'hommes commandés par un *aga*, forment ordinairement la garnison de Suez. Ils gardent un château en mauvais état et armé de 3 pièces de canon, qui très-souvent ne sont pas montées. Néanmoins les gens du pays disent que cette forteresse est inexpugnable : nous l'avons mise dans un meilleur état de défense.

A 3 lieues au sud de Suez, sur la côte d'Asie, on trouve les sources de Moïse. On y arrive en cotoyant la mer, sur le bord de laquelle elles sont situées, à une distance de 800 pas. Tout proche, est une monticule de ruines que l'on croit être l'emplacement d'une ancienne ville : on présume que les Israélites effectuèrent leur passage en cet endroit.

Ces sources, que l'on qualifie communément de fontaines, sont au nombre de cinq : leur eau est légèrement saumâtre ; cependant on la boit avec plaisir, lorsqu'on est pressé par la soif. A l'extrémité-nord du golfe, on retrouve les traces du canal qui établissait une communication entre le Nil et la mer Rouge ; il fut reconnu par le général *Bonaparte*, lors du voyage qu'il fit à Suez. Ce canal est comblé par les sables.

Quand après un pareil voyage, on revient sur les bords du Nil, on croit entrer dans les prairies d'Enna. Pendant la route, on a souvent dit comme les Israélites, lorsqu'ils s'adressaient à Moïse : *Qu'on nous ramène en Egypte, où les eaux sont si délicieuses et les vivres si abondans,*

nous péririons de faim et de soif dans ces déserts. Cette
stérilité qui avoisine l'Egypte de tous côtés, et surtout l'ardeur du climat, donnent un prix infini à la verdure, aux
arbres et à l'eau : aussi les Arabes, sans cesse altérés et
brûlés par le soleil, font consister le suprême bonheur
dans la possession d'un jardin bien ombragé, bien frais,
et arrosé d'une multitude de rigoles d'eau limpide. Mahomet n'a pas manqué de disposer son paradis de la sorte ;
des fleuves innombrables y coulent de toutes parts.

On ne doit donc plus s'étonner si le Nil fut toujours
l'objet d'une espèce de culte chez les Egyptiens, puisque
indépendamment de la fécondité qu'il procure aux terres,
il est le seul fleuve du pays, et que loin de son cours, on
ne rencontre plus que des eaux sulfureuses et saumâtres.
Les anciens habitans de ces contrées, frappés des prodiges
qu'il opérait, et de la régularité de ses débordemens, y
attribuèrent une cause surnaturelle. Ce préjugé subsiste
même encore dans l'esprit du nouveau peuple : il donne,
comme ses ancêtres, une origine céleste au Nil ; il le fait
sortir des montagnes de la lune, et s'imagine que c'est
un être doué d'intelligence qui fertilise l'Egypte par un
pur mouvement de bienfaisance. Nous savons aujourd'hui
que les sources du Nil sont dans l'Abyssinie, et que son
inondation périodique est l'effet des pluies qui tombent
en abondance dans la Nubie et l'Abyssinie pendant l'hiver
et une partie du printemps. L'amour du merveilleux
empêcha les anciens d'apercevoir ces causes naturelles.

Le Nil déborde depuis le 15 Juin jusqu'au 15 de Sep-
tembre qu'il commence à décroître. Sa crue s'annonce
par la couleur de ses eaux, qui deviennent rougeâtres et
extrêmement bourbeuses ; il couvre toutes les terres pen—
dant 40 jours. Alors on ne peut plus communiquer d'un

village à l'autre que par le moyen de barques, aussi innombrables que les feuilles d'arbres. Les villes ont des
chaussées pour se garantir d'une submersion totale, et
quelques-unes, à l'exemple des anciennes cités, sont bâties sur un exhaussement de brique ou de terre. Dès que
les eaux sont retirées, on ensemence les champs, ce qui
a lieu en Novembre et Décembre. L'année est mauvaise,
lorsque la crue n'atteint pas 14 coudées ou qu'elle passe 22;
dans ce cas, le peuple ne paie point d'impôt. Si les eaux
marquent 16 coudées, c'est le gage assuré d'une heureuse
fertilité. L'inondation du Nil est la plus belle époque pour
les Egyptiens. Il se fait partout des réjouissances publiques. La cérémonie de la coupure de la digue, par laquelle les eaux se précipitent dans le canal qui traverse
le Caire, a lieu vers l'extrémité-nord du vieux Caire.
Dès la veille, au coucher du soleil, le canon de la citadelle annonce le commencement de la fête. Des barques
pavoisées, décorées d'une manière agréable, et chargées
de musiciens, parcourent le Nil d'une rive à l'autre. Les
villes et les villages sont illuminés; les jeux, les danses,
la gaieté bruyante animent tout le monde. Le lendemain,
au lever de l'aurore, les grands du Caire, les autorités civiles et militaires viennent, dans un appareil magnifique,
pour assister à la coupure du *Kalydi*. C'est une digue de
terre qui traverse l'extrémité du canal, pour empêcher les
eaux d'y pénétrer avant le temps fixé. Au signal donné
par les fanfares, des centaines d'ouvriers ouvrent cette
digue, et aussitôt les eaux se précipitent comme un torrent
dans le canal, entraînant après elles une multitude de
barques qui y entrent en triomphe.

Une affluence prodigieuse de peuple, dont le costume
varié offre un coup d'œil extrêmement pittoresque, ac-

court de toutes parts pour contempler ce beau phénomè-
ne. Chacun s'écrie avec transport et reconnaissance : *Ya
allah ! Ya mobarek !* (O Dieu ! ô béni !) Pendant ce
temps, les grands jettent au peuple des milliers de *médins* (1), ensuite on procède à l'acte public qui se dresse
dans cette circonstance. Il en résulte que c'est d'après l'ouverture du *Kalydi,* qu'il est permis aux cultivateurs de
laisser entrer les eaux dans les canaux d'irrigation, et
que les propriétaires sont obligés de payer les droits du
myri, les denrées destinées à la Mecque et autres lieux
saints.

Quinze ou vingt jours avant l'inondation, il se fait
par toute l'Egypte une cérémonie assez singulière, qui parait être un reste de l'antiquité. On promène par les villes
un chameau chargé des prémices des fruits, et on le conduit ensuite à la mosquée comme un hommage que l'on
offre à dieu et au prophète. Derrière le chameau, vient
un bouffon monté sur un buffle ; sa figure est toute bar-
bouillée de rouge, et plusieurs hommes grotesquement
équipés le soutiennent sous les épaules : on croit voir le
vieux Sylène au sortir d'une orgie. Cette mascarade, qui
réjouit beaucoup le peuple, est sûrement instituée pour
figurer l'abondance que l'inondation va ramener dans le
pays.

L'eau du Nil est d'une excellente qualité, quoique très-
bourbeuse, surtout lors de la crue. Les Egyptiens assurent qu'elle favorise la fécondité parmi notre espèce ; nos
médecins n'en ont jamais rien dit ; ce qu'il y a de certain,
c'est qu'elle agit puissamment sur les humeurs, et qu'elle

(1) Autrefois on immolait une jeune fille, que l'on précipitait dans
le Nil. Cet usage fut aboli par les Califes.

cause des éruptions salutaires à la peau, en purgeant le
sang de son âcreté. On a, pendant le temps de l'inondation,
le corps tout couvert de boutons rouges, et en quelques
parties de bubons très-gros qui effraient d'abord les étrangers, mais qui crèvent bientôt, et ne causent aucune
douleur. J'ai déjà dit que cette eau était chargée d'une
grande quantité de nitre; les gens de l'art décideront si
c'est à cette cause qu'il faut attribuer les effets qu'elle
produit sur les tempéramens. Pour clarifier l'eau du Nil,
on jette dans la jarre qui la contient quelques amandes,
ou bien des fèves; ensuite on bouche exactement le vase.
Deux heures après, cette eau, que l'on aurait coupée au
couteau, comme on dit vulgairement, est aussi claire
que du cristal; le limon reste au fond de la jarre; si vous
la découvrez trop tôt, l'eau ne s'éclaircit plus. Les Egyptiens se servent d'un procédé fort simple pour la rafraichir : ils ont des vases à filtre qu'ils exposent à un courant d'air, et sous lesquels ils mettent une grande terrine
pour recevoir l'eau qui s'échappe. En Syrie on boit cette
eau suintée; mais en Egypte on la remet dans le vase,
parce qu'elle n'est plus aussi fraîche que celle que l'air
a rafraîchi à travers les pores de ce même vase. Ce peuple est véritablement maître dans l'art de la poterie; elle
a conservé chez lui les formes élégantes et la perfection
de l'antique. Les grands vases de ces femmes, qui vont
puiser de l'eau au Nil, frappent d'abord les étrangers par
leur belle structure; il est vrai que la terre d'Egypte,
grasse et poreuse, aide puissamment les talens du potier.

Le Nil n'est pas poissonneux, sans doute à cause des
gros poissons, et notamment des marsouins qui l'habitent; on y pêche une sorte de petit poisson hérissé de
pointes osseuses, qui est assez délicat : les anguilles et

les soles s'y trouvent en grand nombre ; les dernières ne quittent guère le voisinage de la mer.

- Lorsqu'en Europe il est question de l'Egypte et du Nil, on parle souvent du danger qu'il y a d'être dévoré par le crocodile : cet animal amphibie ne se voit jamais dans la Basse-Egypte, et il faut même remonter considérablement dans la Haute-Egypte pour le voir ; il sort volontiers du fond de l'eau dans les journées chaudes, et lorsque le Nil est bas, pour se placer sur les bancs de sable que l'on rencontre fréquemment alors. Le crocodile se tient rarement sur une des rives du fleuve, excepté lorsqu'elle est peu accessible et peu fréquentée ; il paraît qu'il connaît le danger auquel il s'exposerait sans cette précaution ; ordinairement il ne s'éloigne pas plus d'environ six pas de l'eau ; le moindre bruit l'éveille, et il est presque impossible de l'approcher à portée du coup de fusil ; d'ailleurs, comme cet animal a une écaille très-dure, il est difficile de le tuer, à moins qu'on ne le blesse précisément sous une épaule. Si les gens du pays en abattent quelques-uns, ou les attrapent au moyen d'un piége, ils ne sont pas moins satisfaits que lorsqu'en Europe on tue un loup. Ils les placent comme des trophées au-dessus des portes de leurs maisons, ou sur les terrasses, de manière que de loin on les prendrait pour des pièces de canon. On en voit beaucoup au Caire, dans les maisons des beys : il est rare que les crocodiles passent 10 pieds. Prosper Alpin parle d'un de ces animaux qui avait 30 aunes de longueur ; mais il est bon de remarquer que cet auteur adopte sans examen tous les faux rapports que lui font les gens du pays. Quant au danger d'être dévoré par les crocodiles, il est infiniment moindre qu'on ne le croit ordinairement. Ils paraissent en général redouter l'homme, car ils n'aiment pas les lieux habités : aussi, plus on remonte vers les cataractes, plus ils sont fréquens. L'indifférence avec laquelle les habitans et leurs enfans s'amusent dans l'eau, et se promènent sur les bords du Nil, prouvent qu'ils ne craignent pas le crocodile. Si toutefois l'occasion favorable se présente, cet animal astucieux s'empare par surprise d'un mouton, d'une chèvre, d'un âne et même d'un enfant, qu'il tire vers le milieu et le fond du fleuve. Cependant dans quelques endroits où les femmes ont coutume de remplir leurs vases d'eau, on établit une palissade semi-circulaire, en jonc, pour prévenir le mal que le crocodile serait tenté de faire. Une chose digne de remarque, est que cet animal, lorsqu'il reste hors de l'eau, est presque toujours entouré de différens grands oiseaux, entre lesquels on remarque constamment le pélican, très-commun en Egypte. Quel étrange rapport entre deux espèces si différentes ! C'est un fait connu, que le héron blanc ou garde-bœuf, sympathise singulièrement avec les buffles, les vaches et les bœufs. Existerait-il une égale sympathie entre le pélican et le crocodile ?

Il y a, en Egypte, cinq races bien distinctes parmi le peuple : Turcs, Maures, Arabes, Copthes et Mamelouks. Les Arabes, qui forment la masse de la population, ont donné leur langue, leurs mœurs et leurs usages au pays. On les reconnait à leur taille haute et effilée, à leurs figures maigres et basanées. Ils sont industrieux, mais fainéans, spirituels, et d'humeur assez gaie. L'astuce, la fourberie, et toute la souplesse d'un esclave craintif, font la base de leur caractère. Ils volent les étrangers sans aucun scrupule, principalement les Chrétiens, et ils s'en glorifient en quelque sorte. Ce sont les hommes du monde.

les plus importuns pour demander, et ils ne vous quittent
pas qu'ils ne vous aient extorqué par les plus basses flat-
teries ce qu'ils desirent avoir. Si vous leur achetez quelque chose, ils vous tourmentent comme des mendians,
après que vous leur avez payé leur marchandise, pour
avoir quelques *médins* à titre de courtoisie. Lorsqu'il s'a-
git de payer le tribut, qu'ils regardent comme une duperie,
on est presque toujours obligé de les contraindre par
la rigueur.

Les Copthes, qui sont les descendans des anciens Egyptiens, ont plus de rondeur dans la taille. Leur caractère
et leur physionomie sont aussi bien différens : de gros yeux,
de gros traits, de grosses lèvres, un air sombre et taciturne;
ils sont très-défians, et semblent éviter les étrangers. Au
fond, ce sont pourtant de bonnes gens, pleins d'urbanité
et d'une grande douceur de mœurs. Ils ont conservé la
gravité et l'austérité de leurs ancêtres. Sous le titre mo-
deste d'*écrivains*, ils occupent tous les emplois : aussi
passent-ils pour fort riches.

Les Maures, semblables aux Arabes pour la couleur et
la stature, sont d'une plus forte complexion. Du reste,
ils ne diffèrent guère des Arabes, excepté qu'ils sont beaucoup moins importuns et moins voleurs : en revanche, ils
sont très-hautains et très-dédaigneux.

Les Turcs sont moins basanés que les sujets des trois
races précédentes; leurs traits ont plus de régularité et
plus de noblesse : ce sont presque toutes figures à caractère. On les voit toujours graves, silencieux et lents
dans leurs actions; il semble que ce soit eux qui aient in-
trodnit dans le pays tous les abus de la mollesse et de la
nonchalance, déjà si naturelles aux Orientaux.

C'est un attribut de ce qu'on appelle la grandeur, que

de vivre dans l'indolence, et quoiqu'en parfaite santé, de ne pas faire un pas sans être soutenu comme un malade par trois ou quatre esclaves. A cheval, c'est la même chose, on va le plus lentement que l'on peut : deux hommes sont auprès de chaque étrier ; un autre tient le cavalier sûr sa selle, comme s'il allait tomber ; et deux autres tiennent le cheval par la bride : on dirait un enfant monté sur un cheval très-fougueux. Les Turcs ont un fond de justice et de probité qui les distingue éminemment des Arabes ; mais aussi il ne faut rien leur demander d'injuste ou de contraire, ni à leurs usages, ni à leur religion. Ils sont d'une fermeté inébranlable dans leurs résolutions, et rien ne peut les vaincre, s'ils n'aperçoivent pas de bonnes raisons pour céder. Par exemple : vous allez chez un marchand turc, il vous fait un prix de sa marchandise, n'espérez pas qu'il en rabattra d'un liard ; il se contente d'un bénéfice très-modéré sur chaque objet : il y tient invariablement. Cet assemblage de nations si différentes, n'est, à tout bien considérer, qu'un peuple sans caractère national et sans vigueur, qui semble né pour l'esclavage et s'y complaire. Naturellement lâche et poltron, le fanatisme seul peut lui faire affronter la mort, en lui mettant les armes à la main. Si on maltraite un Egyptien, si on le menace, si on lui retient son salaire, il se met à pleurer comme un enfant ; le regard d'un Mamelouk le fait trembler, et vous le voyez toujours le front prosterné dans la poussière, devant ces impitoyables despotes : c'est enfin le tableau de l'homme faible et dégradé, le plus révoltant qu'il soit possible de voir.

Les Mamelouks, dont le nombre monte tout au plus à 7 mille, sont remarquables au milieu de ces visages brûlés, par l'extrême blancheur de leur teint ; et leurs cheveux blonds. Enlevés, dès leur plus tendre jeunesse, au sol qui les a vu naître, ces esclaves de Circassie, vendus aux beys, naguère de la même condition qu'eux, apprennent sous leurs maîtres le métier des armes et l'art de s'élever rapidement de la servitude au commandement : turbulens, séditieux et entreprenans, ils portent dans leur élévation l'insolence et l'humeur intraitable d'un esclave parvenu ; ils aiment passionnément le luxe et la mollesse ; mais ils sont d'une intrépidité singulière dans les combats, et nous les avons vu périr en braves sous le feu de nos bataillons carrés, où ils s'étaient précipités : aussi peut-on dire que c'est la meilleure cavalerie de tout l'Orient. Depuis que Sélim Ier., empereur des Turcs, eut soumis l'Egypte par ses armes, elle est restée sous la dépendance du grand seigneur, qui y envoie un pacha ; mais ce n'est qu'une ombre d'autorité dont les Mamelouks se jouent impunément. Le pacha du Caire est comme prisonnier dans la citadelle, et il ne peut pas la quitter sans leur bon plaisir. Quand ils en sont mécontens, ils lui signifient de se retirer à Constantinople. On sait que depuis notre départ d'Egypte, ce gouvernement, qui était entre les mains de vingt-quatre beys, a éprouvé de grandes révolutions. Voici ce qui les a occasionnées, aussi bien que les désastres qui en ont été la suite : Lorsque l'armée du visir parut en Egypte, les Mamelouks s'unirent à elle pour nous combattre : alliance monstrueuse qui rassemblait, sous les mêmes bannières, des hommes si opposés d'intérêt, et qui se haïssent mortellement : c'était le sinistre présage de tous les maux qui ont affligé l'Egypte. Quand nous fûmes partis, les Turcs occupèrent la citadelle ; ils administrèrent le pays au nom du sultan, et parurent ne plus se souvenir de

l'alliance qu'ils avaient contractée avec les Mamelouks,
qu'ils écartaient au contraire de tous les emplois. Enfin,
la Porte voulut reprendre ses anciens droits, la souve-
raineté qu'elle avait autrefois conquise par sa valeur, sur
des esclaves rebelles qui l'en avaient dépouillée. La Porte
fit une grande faute politique, en agissant, dans cette
occasion, avec trop de hauteur envers les Mamelouks ;
mais cette nation ottomane, trop impétueuse pour dis-
simuler lorsqu'elle a la force en main, se perd toujours
par la précipitation ; c'est un lion furieux qui ne peut
retenir les mouvemens de sa colère. Les Mamelouks, in-
dignés des procédés des Turcs, coururent aux armes :
tout le monde connait cette sanglante histoire. Dès que
les officiers de la Porte se furent emparés du pays, au
nom du sultan, ils songèrent à s'en disputer le gouvernement entr'eux ; c'est l'usage. Mehemed-Aly, chef des
Arnautes, chassa le pacha légitime du Caire, et usurpa
le titre de *Caïmacan* d'Egypte. Cette nouvelle étant
parvenue au sérail, le capitan-pacha fut aussitôt ex-
pédié de Constantinople avec une escadre, pour aller
sévir contre Mehemed-Aly, que le divan avait premié-
rement déposé ; mais dans cet intervalle, la situation de
la Porte, déjà très-critique, le devint encore davantage :
déchiré, affaibli par les guerres intestines, vendu par des
traitres à ses plus implacables ennemis, qui pour mieux
l'enchaîner, endormaient sa vigilance, en trompant sa
bonne foi, ce vaste et superbe empire des Ottomans
s'aperçut enfin qu'il était sur le penchant de sa ruine :
c'est pourquoi le grand seigneur fut obligé de composer
avec l'usurpateur d'Egypte, en le confirmant dans son
poste. Mehemed-Aly prit incontinent le ton de la sou-
mission ; il s'est engagé à payer 2 mille bourses au trésor,

et il a envoyé son fils comme otage à Alexandrie ; mais sa hautesse n'est sûrement pas dupe de tous ces témoignages de bonne foi, et les pachas ont dû suffisamment lui apprendre ce que l'on doit attendre de leur conversion hypocrite. D'ailleurs, l'on appréhende que cet arrangement ne renouvelle en Egypte les troubles qui sont à peine appaisés, et que l'ancien différend des beys, auxquels la Porte avait promis de faire des concessions avantageuses, ne puisse se terminer à l'amiable.

Il serait à souhaiter, pour ces malheureuses contrées, qu'elles fussent soustraites entièrement à la domination arbitraire des Mamelouks, et que la Porte y exerçât un pouvoir exclusif; car les Turcs sont plus justes, plus intègres, et ont des idées plus libérales, en fait de gouvernement, que ces esclaves séditieux et rapaces qui ne vivent que pour opprimer ou détruire; mais il faudrait les dédommager honorablement, et le sultan doit se souvenir qu'à prétentions égales, ils ont pour le moins autant de droits que lui sur l'Egypte.

Au reste, les Turcs de Constantinople, que les gens du pays nomment *Osmanlis*, ne sont pas aimés sur les bords du Nil. En voici la raison : c'est que leur administration est plus ferme, et leur police plus régulière ; ils répriment avec sévérité les abus, soit judiciaires, soit de finance ou autres qui parviennent à leur connaissance; ils maintiennent les balances de la justice égales entre le riche et le pauvre, et ils sont impitoyables contre les marchands surpris en fraude, et envers ceux qui ne se conforment pas exactement aux règlemens établis. Les beys, au contraire, fermaient le plus souvent les yeux sur tout cela; et hors la police de jour et de nuit, qui a toujours été très-bien faite, surtout au Caire, ils lais-

6

saient aller le reste au hasard , ne s'embarrassant que de leurs plaisirs et du soin d'augmenter leurs trésors. Les Egyptiens aiment mieux cette manière d'être gouvernés ; l'habitude d'ailleurs la leur fait trouver naturelle , et ils préfèrent être vexés, torturés et accablés d'impôts par les Mamelouks, que de voir l'ordre et la régularité introduits parmi eux. La propreté des rues, et celle des ustensiles d'un usage journalier, qu'exigent les Turcs, sont une contrainte insupportable pour l'habitant.

Les Arabes — Bédouins qui parcourent l'Egypte, ne fixent pas moins l'attention du voyageur, sous le rapport physique et moral, que par leur genre de vie. Ils sont divisés par tribus, souvent ennemies les unes des autres, et gouvernés par des scheiks pris parmi eux. Ces scheiks et leurs familles, ainsi que leurs adjoints, forment une espèce de noblesse. Le gouvernement de ces tribus est à la fois monarchique , aristocratique et populaire. Le scheik, quoiqu'investi d'un pouvoir assez étendu, ne peut traiter d'affaires majeures : par exemple, de la paix, de la guerre et des alliances, sans avoir pris conseil des principaux de sa tribu ; en second lieu, s'il met à mort in- justement un Arabe, où s'il en punit un autre arbitrai- rement, toute la tribu se lève contre lui, et dans le pre- mier cas, les parens du mort le tuent partout où ils peuvent le rencontrer. La place de scheik est héréditaire ; s'il meurt sans enfans, les Arabes s'en choisissent un par- mi les principaux de leurs tribus ; ils ont des lois et des réglemens qu'ils observent exactement , et l'on entend rarement parler de vol parmi eux ; ils n'ont point de mi- nistres de religion , et paraissent fort insouciaus sur cet article ; ils disent *qu'ils adorent Dieu dans ses ouvrages, et qu'ils l'aiment au fond du cœur ; mais qu'ils ne peuvent lui rendre un culte extérieur , ni lui bâtir des temples , puisqu'ils sont toujours errans par les déserts.* Leur hospitalité est universellement connue, et c'est une chose singulière , que ces Arabes féroces et sans pitié , lorsqu'ils sont en course, soient si humains et si généreux envers le pauvre voyageur : c'est au point , qu'à l'heure de leur repas, ils se mettent exprès devant leurs tentes pour guetter l'occasion de secourir un malheureux, et cependant ils ont bien de la peine à gagner le misérable dîner qu'ils veulent partager : un peu de riz, quelques dattes sèches et un petit pain cuit sous la cendre , composent leur nourriture journalière; quelquefois, c'est-à-dire les jours de fête, ils y joignent de la viande de chevreau ou d'agneau , ou bien celle d'un jeune chameau , qui est pour eux le meilleur manger. Les habitans de l'Egypte ont également bon cœur, depuis le plus grand jusqu'au plus petit, et vous ne passerez pas devant la boutique du moindre artisan, à l'heure de son dîner, sans qu'il ne vous dise, du ton le plus affectueux et avec beaucoup d'instance, *mon frère, viens t'asseoir ici, et prendre la moitié de mon repas.* On n'aborde personne sans que le café ne vous soit offert , et il faut bien se garder de refuser, car on le tiendrait pour une marque de mépris.

Ou ne peut se faire une idée de la vie dure que mènent les Arabes ; ils se passent souvent de boire et de manger pendant un jour tout entier; ordinairement ils restent à jeun depuis le lever du soleil jusqu'à son coucher, qu'ils font leur soupe au riz ; ils vivent sous des tentes qui sont de laine noire ou brune, sans doute pour mieux apercevoir leur camp lorsqu'ils en sont éloignés: il y a dans chaque tente une séparation pour les femmes. Les Arabes sont fort prompts à charger leurs chameaux

en cas d'alerte, cependant ils se laissent quelquefois sur-
prendre, parce qu'ils ne font aucune garde autour d'eux,
ni le jour ni la nuit; ils ont seulement de grands chiens
qui les avertissent du danger par leurs aboiemens réitérés.
Ces animaux ont l'instinct de se placer comme des ve-
dettes, de distance en distance, en avant du camp. Les
chameaux, les troupeaux de moutons et de chèvres,
et le laitage, font le principal revenu de la tribu. Les
Arabes ont une affection singulière pour leurs chevaux,
et leur prodiguent les noms les plus affectueux; ils en
connaissent de race noble, qui ont leur extrait de naissance et le certificat qui constate qu'ils sont nés d'une
jument noble. Les jumens sont toujours plus estimées que
les chevaux, parce qu'elles ne hennissent point, et que l'on
n'a pas à craindre d'être découvert dans les excursions
nocturnes. Il y a telles de ces-bêtes qui se vendent jusqu'à 10 mille francs; aussi il faut voir cela courir! Quel-
les jambes! quelle légèreté! Les chevaux ordinaires sont
petits, maigres, et ressemblent à des chèvres; on ne s'i-
maginerait jamais que ce sont ces coureurs si fameux;
mais le cavalier une fois dessus, ils partent comme un
trait. La richesse d'un Arabe, ou plutôt son gagne-pain,
c'est son cheval.

Les Arabes sont d'une faible complexion et d'une taille
médiocre; ils ont des visages efféminés et une voix grêle:
ce sont cependant de pareils hommes qui résistent aux
fatigues du désert. On a beaucoup vanté leur bonne foi et
l'inviolabilité de leur promesse dans les engagemens qu'ils
contractent: je crois qu'il ne faut pas s'y fier trop aveu-
glement. Il y a une autre sorte d'Arabes-Pasteurs, qui cultivent quelques cantons dont ils sont propriétaires. Leurs
usages sont à peu près les mêmes que ceux des précédens,

excepté qu'ils ne sont pas vagabonds. On calcule qu'il peut y avoir à peu près 5o mille Arabes-Bédouins en Egypte.

Les femmes, en Egypte, sont beaucoup plus libres, et sortent davantage que dans le reste de l'empire ottoman; mais elles sont toujours si bien couvertes, que l'on n'aperçoit exactement que leurs yeux. D'après celles que nous avons pu voir, nous ne sommes pas portés à juger très-favorablement du sexe égyptien en général. S'il y a quelques belles femmes, elles sont ordinairement étrangères. Celles des beys et des mamelouks sont renommées par l'éclat de leur blancheur et par leur beauté : ce sont des Géorgiennes. Ces dames font usage d'une plante appelée *Serki*, qui a la vertu de conserver la fraîcheur jusque dans un âge fort avancé. Cette plante précieuse est déjà fort rare en Orient, parce qu'elle est accaparée pour les sultanes, et c'est un grand bonheur quand les femmes des pachas ou des petits bourgeois peuvent en attraper quelques brins; voilà sans doute pourquoi il ne s'en trouve pas en Europe, du moins que je sache. S'il en vient jamais, nos dames ne manqueront pas de s'en procurer, et nous ne verrons plus que de jeunes visages.

Les Egyptiennes de la classe du peuple sont laides, noires et fort sales; néanmoins Savary les trouve jolies : assurément il n'est pas difficile. Dans ce pays, pourvu qu'une femme soit blanche et bien grasse, elle est charmante : l'embonpoint est la beauté chez les Orientaux.

Pour relever la pâleur de leur teint, quelques dames égyptiennes ont recours au rouge végétal; mais elles l'emploient discrètement, et en femmes qui entendent fort bien leurs intérêts. Il y a un autre raffinement de coquetterie que ne connaissent pas nos européennes :

c'est de se teindre en noir, et légèrement, les paupières
à la racine des cils, ce qui fait paraître l'œil plus grand,
plus élégant, et lui prête beaucoup de vivacité ; mais
aussi un peu trop de hardiesse et de friponnerie ; il est
aussi du bon air de se teindre les ongles et les paumes
des mains en rouge avec du *henné*. Les vieilles femmes
donnent cette couleur à leurs cheveux ; cela ne les embellit pas beaucoup.

Les Egyptiens aiment passionément les contes, surtout les *Mille et une nuits*. Les femmes, dans le harem,
s'en font réciter par leurs esclaves. Les Arabes, sous la
tente, passent des momens délicieux au récit de quelques aventures merveilleuses. Dans un village, un bon
scheik réjouit de même ses pauvres *fellahs,* rangés en
cercle autour de lui. A la ville, c'est un voisin complai-
sant, ou un riche marchand ; une foule d'oisifs qui obs-
truent les rues, vient écouter avidement : c'est alors
que vous entendez les éclats de rire de cette nation, naturellement sérieuse. Le riche lui-même, le grave *schérif,* ne dédaignent pas de confondre leur joie avec celle
de la multitude. Le vieillard, oubliant son âge et ses in-
firmités, sourit aussi à ces agréables mensonges ; le malheureux ne sent plus ses peines, ni le pauvre sa misère :
tous sont contens.

Il ne sera peut-être pas inutile que je parle en peu de
mots de l'architecture actuelle des Egyptiens. Quant à la
peinture et à la sculpture, elles sont absolument nulles
chez eux, comme partout l'empire ottoman, attendu que
les représentations de figures humaines ou d'animaux,
sont sévèrement proscrites par le *koran.*

L'architecture de ce peuple, et je crois des Orientaux
en général, ne présente que des parties incohérentes et

sans ordre. Ce n'est pas un art que l'on étudie comme en Europe, mais une routine de maçon. Des chapiteaux, des fragmens de sculpture, des blocs chargés de bas-reliefs ou d'hyéroglyphes, sont employés comme matériaux dans toutes les constructions. Le marbre et le granit servent également de soutiens ou de fondemens aux édifices. On met indifféremment une petite colonne à côté d'une grande ; le chapiteau en bas à l'une, et en haut à l'autre ; enfin, il semble que l'on prend à tâche de choquer l'œil par la réunion des objets les plus disparates. Les maisons sont construites d'une manière peu solide ; leur mortier n'est que de la terre délayée ; aussi l'hiver, lorsqu'il pleut dans la Basse-Egypte, les écroulemens sont-ils très-fréquens. En outre, les Egyptiens n'ont pas la précaution d'assurer de bons fondemens à leurs bâtisses, et ils y mêlent des planches, des morceaux de bois carrés, et jusqu'à des quartiers de dattier. Ce bois venant à pourrir, les murs s'affaissent, et la maison tombe.

Au Caire, et dans les environs, les maisons sont belles, vastes, assez commodément distribuées, et annoncent le luxe et l'opulence. La plupart sont bâties, ainsi que je l'ai déjà dit, d'une pierre jaune que fournit le Mokkatam. Les portiques sont presque toujours fort larges et fort hauts, et ornés de sculptures orientales assez délicates (si l'on peut donner ce nom à des espèces d'enjolivemens exécutés sur une pierre tendre ou sur du plâtre) ; du reste, jamais de règle ni de discernement. Si deux superbes colonnes accompagnent l'entrée de l'édifice, quelque chose les déparera ; si, dans l'avant-cour, vous apercevez un beau péristile de marbre blanc, n'attribuez pas cela à l'intention réfléchie de l'architecte ; c'est le hasard qui l'a dirigé. On a coutume de blanchir à

l'extérieur les grandes maisons et les palais des beys, ensuite on les tranche avec de larges bandes rouges. L'effet
en est bizarre; cependant cela jette un éclat qui en im-
pose. Les appartemens sont grands et magnifiques : on les
boise, ou on les blanchit avec le plus grand soin ; les lam-
bris sont dorés et artistement travaillés; des passages du
koran, en lettres d'or, couvrent les murailles. Le jour ne
pénètre dans ces lieux, que par de magnifiques grillages
de bois d'un travail exquis, ou bien par des vitrages colo-
rés. Les beys excellent par la somptuosité et le luxe de
leurs appartemens, qui sont pavés de marbre. Pour y entretenir la fraîcheur, ils y font construire des jets d'eau
dans le milieu. Chez eux, vous foulez aux pieds les plus
riches tapis; et des coussins, d'une étoffe précieuse, sont
rangés sur une estrade, que l'on nomme *divan*; c'est là
que l'on vous fait asseoir : on n'est pas plus mollement à
la table des dieux d'Homère.

On ne sera sûrement pas fâché de connaître la musique et
les instrumens des Egyptiens. Leur musique, comme celle
de tous les Orientaux et de la plupart des nègres, consiste
dans le fracas et le grand bruit. Les Maures ont donné aux
Egyptiens une partie de leurs instrumens ; ils étaient,
dit-on, fort habiles musiciens dans les beaux jours de
leur gloire; cela serait possible : quoi qu'il en soit, les
Egyptiens n'ont pas reçu de ces Orphées, l'art d'émouvoir
les rochers par leur mélodie. Les timbales, le tambour
de basque, la flûte, le flageolet, et une espèce de clari-
nette, dont le bec est aussi mince qu'un tuyau de plume,
sont à peu près tous les instrumens qui composent la
musique à grand effet, c'est-à-dire, celle qui précède
les cérémonies et les fêtes du *Baïram*, qui répondent à
notre pâques.

Il y a ensuite les instrumens journaliers, ou pour mieux dire populaires; car, dans ce pays, tout le monde est musicien, depuis la dernière esclave du harem jusqu'à la sultane. Voici quels sont ces instrumens : qu'on se représente un pot de terre de forme cylindrique à sa partie supérieure, large par la base et percé aux deux extrémités, un parchemin est appliqué sur l'inférieure, ce qui forme une sorte de tambour. On tient cela sous son bras ou sur ses genoux, et appuyant les paumes des mains sur les rebords, on frappe du bout des doigts. Il n'en résulte pas un son fort harmonieux, mais aussi ce n'est que pour marquer la cadence en chantant, et égayer un peu le récitatif. Le chalumeau à deux branches, qui se fait avec du roseau, est d'un usage aussi général. Il n'y a pas d'enfant qui n'en sache jouer : on s'en accompagne en dansant. Les *fellahs*, à l'ombre d'un acacia, ou d'un sycomore, se délassent de leurs travaux avec le chalumeau. On voit encore, en Egypte, un violon d'une espèce singulière, c'est tout simplement un morceau de bois un peu façonné. Le nombre des cordes varie de quatre à cinq ; elles sont supportées par un chevalet, et retenues aux deux bouts par des clous : du reste, elles sont toutes de boyaux de chat, et de la même grosseur. Cet instrument ne se monte ni ne s'accorde jamais : on racle dessus tant qu'il peut aller. L'archet est de gros crin noir ou blanc, comme il se trouve, et arrangé sans beaucoup de cérémonie. Tout cela rend un son criard et champêtre, qui avec celui du chalumeau, rappelle bien l'enfance du monde et le siècle des bergers. N'allez pas croire que ces gens changeraient leur musique pour tous nos concerts, vous seriez loin du compte. C'est le soir, sur une place, qu'il faut les voir gambader d'une manière grotesque, chanter et rire de

toute la grandeur de leur bouche, à la lueur de plusieurs
flambeaux. Il n'y a pas jusqu'aux chameaux qui, du
fond de leurs étables, n'en soient egayés. Et à ce propos,
je dirai que, dans les marches des caravanes, on est obligé
de battre du tambour ou de chanter pour désennuyer ces
animaux, et les faire aller plus vite. Ils aiment singulièrement la musique, surtout la voix de l'homme, et
aussitôt que l'on cesse de chanter ou de jouer, leur pas se
ralentit : très-souvent même ils s'arrêtent tout court. Je
me souviens d'un de nos chameliers, qui chantait télle-
ment selon le goût des chameaux, qu'ils ne sentaient plus
la fatigue dés qu'ils l'entendaient : quand ils le voyaient,
ils s'approchaient de lui, et semblaient le regarder avec
admiration.

Ce grand virtuose était aussi, pour son *rare talent*,
très-recherché par ses camarades. Le soir, au campement, une fois que les tentes étaient dressées, et que l'on
avait soupé, il prenait son tambour ou son violon (car il
jouait également bien de l'un et de l'autre), et nous don-
nait une sérénade de sa façon. Les chameliers, pressés autour de lui, écoutaient dans le plus profond silence : vous
eussiez entendu voler une feuille. Quand cet homme tenait
ses instrumens, on eût dit, à son air d'importance, le
divin Amphion qui va bâtir une ville au son de sa lyre.

A Rosette, nous avions une grande écurie, que ce cha-
melier avait soin d'entretenir toujours fort proprement.
C'est là qu'il y avait plaisir à l'entendre : il étendait une
belle natte à l'entrée, et la nuit venue, il allait chercher
ses amis pour se divertir avec eux. On s'asseyait sur la
belle natte, on se régalait bien, et venait ensuite la sym-
phonie : les amis accompagnaient de leurs voix, et l'on
menait ainsi son monde jusqu'à minuit ou une heure du

matin. Dans les intervalles, le café et le *chorba* étaient versés abondamment aux convives. Les passans s'arrêtaient quelquefois des heures entières pour écouter les concerts improvisés du moderne Apollon. Quels concerts ! dira-t-on ; cela est vrai, mais on y riait, on s'y amusait ; car la bonhomie des musiciens prêtait un grand charme à la musique. Heureux ceux qui se divertissent à si peu de frais !

Voilà pour ce qui est des instrumens des bonnes gens.

Les premiers, dont j'ai déjà parlé, sont employés dans l'ordre suivant : huit ou dix, tant flûtes que clarinettes devant, ensuite deux timbales : derrière, plusieurs tambours, une trompette, et une sorte d'instrument assez semblable à un chaudron, sur lequel on frappe avec une verge de fer. Telle est la musique employée dans les cérémonies, principalement pour les mariages et les fêtes du *Rhamadan*. Le cortège est précédé de bateleurs et de bretteurs qui s'escriment en dansant avec de longs bâtons, qu'ils tiennent des deux mains : c'est dans le pays la manière de faire des armes. Celui qui ne pare pas avec agilité, en est quitte pour recevoir un coup de bâton bien appliqué. Cet exercice s'exécute au son des instrumens et en cadence. La mesure est battue avec beaucoup de précision ; mais c'est toujours le même air ; seulement vers la fin, le bruit se précipite insensiblement, et se termine par un roulement, ou plutôt par un tintamarre pareil à celui que l'on fait en frappant sur des poêlons pour rassembler les mouches à miel. Dans les mariages, c'est le signal de l'arrivée de la mariée à la maison de son époux, qui se tient sur sa porte en l'attendant, et qui l'enlève aussitôt qu'elle approche. Dans les cérémonies publiques, ce roulement indique que le pacha, le bey ou le schérif qui y préside, est rentré chez lui, ou que l'étendard de Mahomet, que l'on a coutume de sortir aux grandes solennités, est remis à la mosquée.

Le plus divertissant à voir, ce sont les *Almées* ou *Improvisatrices*. Il y en a de deux sortes : celles du peuple, qui courent les rues, et celles qui hantent les maisons des grands ; ces dernières sont ordinairement jolies et spirituelles. Les dames les font appeler pour se désennuyer ; leur gaieté folle et leurs saillies les divertissent extrêmement. La langue arabe se prête si facilement à la poésie, que ces joyeuses *ballarines*, qui d'ailleurs ne manquent pas de babil, vous ont bientôt tourné un compliment en vers, qu'elles se mettent à chanter sur le premier air venu. Tantôt ce sont les yeux d'*Aphiza* qui effacent, par leur vivacité, les étoiles les plus brillantes; tantôt c'est *Manné*, plus belle que la plus belle lune de printemps. Ces *Almées*, qui sont d'une souplesse extraordinaire, plient leurs corps comme des roseaux; elles dansent en chantant et en s'accompagnant des castagnettes : leurs danses, comme leurs chansons, sont très-voluptueuses; on leur reproche même d'être trop libres; mais en Orient, pourvu que les femmes soient chastes dans leurs actions, on les tient quittes de ce qu'elles peuvent dire de licencieux : ce sont des bagatelles pour faire rire.

On voit aussi, en Egypte, une sorte de petite mandoline ou guitare, dont on tire des sons assez agréables ; elle n'est guère en usage que parmi les grands et les gens aisés. Ils ne l'agitent pas avec les doigts, mais avec une plume taillée en forme de cure-dent. Les Grecs qui sont établis dans ce pays, ont de belles et grandes guitares dont ils pincent fort bien. C'est au son de cet instrument que l'on danse *la Roméca* dans tout l'Archipel. Les jeunes filles, faisant la chaine, se balancent avec une mol-

lesse charmante : deux bons vieillards, assis sur une
pointe de rocher, animent, par des chansons dont ils accompagnent la guitare, cette aimable et folâtre jeunesse,
qui les paie de quelques regards obligeans. Dans l'île de
Raoudah, vis-à-vis le vieux Caire, nous avions, presque tous les dimanches, ce divertissement. Toutefois il
fallait se contenter d'être simple spectateur; car si vous
eussiez fait mine de vouloir vous mêler à ces jeux inno-
cens, vous effarouchiez les belles, qui ne seraient plus re-
venues, tant est grande leur timidité. De toutes parts il
nous arrivait de ces *Hélènes,* qui venaient, sous l'œil sévère
de leurs parens, respirer le frais, et se recréer dans cette
île fortunée, qu'on pourrait appeler un petit paradis ter-
restre. Alors, sans qu'on les priât, sans aucun prélude,
elles nous régalaient de leurs belles voix, puis de leurs
danses non moins séduisantes.

La musique vocale des Egyptiens est fort singulière, et
ne ressemble, je crois, à aucune autre; on dirait d'un
chanteur, un homme qui fredonne avant de commencer;
mais ce n'est pas en donner une idée assez juste : que l'on
se figure un homme qui fait trembloter sa voix, et qui
rompt, pour ainsi dire, ses mots en mille pièces. Les
Egyptiens, de même que les Orientaux en général, ne
connaissent pas l'usage des notes : tout leur vient de mémoire et par tradition. Au reste, leur répertoire offre une
dixaine d'airs tout au plus, avec lesquels néanmoins ils
font bien les opulens.

Leurs chansons sont coupées par stances de quatre, de
trois, de deux et d'un seul vers ; et à chaque stance, ce
sont des pauses tellement prolongées, que si vous ne con-
naissez pas la facture de cette musique, vous vous en allez
à la première pause, jugeant le concert fini ; mais bientôt
le chanteur que vous aviez cru mort ressuscite subitement,

et fait entendre de nouvelles paroles, pour s'interrompre
encore plusieurs fois.

Voilà tout ce que, dans un espace aussi resserré, je
pouvais dire sur l'Egypte.

Voyage en Palestine.

Nous partîmes du Caire le 20 Pluviôse an 7, pour nous
rendre en Syrie. Hors des portes de la ville, on a constamment le désert sur sa droite; sur la gauche, ce sont
des campagnes fertiles; une forêt presque continuelle de
dattiers forme comme un rideau devant vous ; mais à 24
lieues de là, tout n'est plus que sables stériles. Au bout
de trois heures de marche, nous atteignîmes El-Matharié,
gros village bâti près des ruines d'Héliopolis. Les victoires
de l'armée d'Orient ont rendu ces deux noms célèbres.
Héliopolis a entièrement disparu : un obélisque seul est
resté debout, comme pour marquer l'emplacement de
cette ville, fameuse par ses monumens et son temple du
soleil. Nous allâmes coucher à El-Hanka, petite ville fort
jolie, et dont les rues sont tirées au cordeau : malheureusement elle avait attiré sur elle la colère de nos troupes,
et ce n'était plus que monceaux de ruines et solitudes,
lorsque nous y passâmes. Le lendemain nous campâmes
aux environs de Coraïm, village au milieu d'un bois très-
touffu de dattiers. Les habitans, pour se mettre à l'abri
des Arabes, qui commettent de grands désordres dans ces
cantons, se sont enclos de murs de terre fort hauts et
fort épais. On ne peut entrer dans cet endroit que par des
ouvertures extrêmement basses, et semblables à une petite porte de poulailler. De Coraïm à Belbeis, capitale de
la province de Charkié, il n'y a que trois heures de chemin. Cette ville, que nous avons bien fortifiée, et qui est

assez peuplée, se trouve à 12 lieues du Caire, et à 15 de
Ssalehiéh. Ssalehiéh est situé au débouché du désert de
Syrie; nous l'avons mis également dans un bon état de
défense : on y compte environ 12 mille individus qui habitent des huttes de terre, disséminées au milieu d'une
forêt de trois cent mille dattiers qui font tout le revenu du
pays. On y voit une belle mosquée, que l'on dit avoir été·
fondée par Saladin. C'est à Ssalehiéh que l'on fait les provisions d'eau pour passer le désert qui va commencer.
De là à Cattieh, espèce de bourgade que nous avons pa-
lissadée, on compte 18 lieues; il y a quelques citernes
d'eau saumâtre, que l'on boit avec autant d'avidité, qu'en
Europe un verre d'orgeat lorsqu'on a bien chaud. Nous
souffrîmes beaucoup dans ce trajet, où nous prîmes une
véritable idée de ce que l'on nomme *le désert*. A 5 lieues
au nord de Cattieh, est le village de *Tineh*, situé à l'ex-
·trémité orientale du lac Menzalé. On y reconnaît, sur une
esplanade immense que couvrent les eaux pendant une
partie de l'année, les ruines de l'ancienne Péluse. Le cin-
quième jour de marche, depuis Ssalehiéh, nous arrivâmes devant El-à-Rich', distant d'environ 25 lieues de
Cattieh. El-à-Rich' est une misérable bourgade près de
la mer, et défendue par un fort qui ne tiendrait pas 24
heures en Europe; mais qui embarrassera toujours une
armée au milieu d'un désert, où l'on ne peut aisément
traîner de l'artillerie.

La tradition dit que les frères de Joseph, lorsqu'ils vinrent en Égypte, s'arrêtèrent en cet endroit et y dressèrent
leurs tentes, d'où il a retenu le nom de *Campement*. Tout
ce pays, qui fait aujourd'hui partie du territoire d'Égypte,
est l'ancienne Idumée, habitée par les enfans d'Esaü, que
l'on nommait *Iduméens,* parce qu'ils étaient roux. Le

terrain est inculte , et ne produit que quelques plantes
sauvages dont les chameaux sont très-friands. Les Arabes
séjournent une partie de l'année dans les environs, pour
faire paître leurs bestiaux : les caravanes s'y rafraîchissent.

A 10 lieues au-dessus d'El-à-Rich', on voit deux colonnes de granit élevées sur un monticule ; elles séparent
l'Afrique d'avec l'Asie : on pourrait desirer quelque chose
de plus grand, pour les limites de deux parties du monde.
Kan-Younes est le premier bourg d'Asie que l'on rencontre en venant d'Egypte ; il est précisément au bout du
désert. Ce n'est qu'ici que l'on commence à apercevoir
de la verdure et des arbres. Cet endroit n'était que soli-
tude, lorsque nous y passâmes, et tous les habitans, saisis
d'une terreur mal fondée , l'avaient abandonné à notre
approche. Gaza n'en est qu'à six heures de marche. Nous
assîmes notre camp aux environs, dans la plaine des oliviers, et vis-à-vis la montagne d'Hébron, où Samson,
selon l'écriture, déposa les portes de la ville. Gaza est à
une lieue et demie de la Méditerranée, avec un port que
l'on nomme *la Nouvelle Gaza* : sa population et son
étendue sont très-médiocres ; mais on peut juger, par
ses ruines, de son ancienne grandeur. Les oliviers, qui font
la principale richesse du pays, y sont fort beaux. C'est la
résidence d'un pacha. Nous fûmes frappés de la différence
de température qui existe entre ce pays et l'Egypte : nous
nous crûmes tout à coup transportés dans quelque province méridionale de la France ; un air humide avait rem-
placé l'atmosphère embrasée de l'Egypte ; des pluies extraordinaires tombaient pendant plusieurs jours et plusieurs nuits sans discontinuer. Nous perdîmes la plus
grande partie de nos chameaux, peu accoutumés à l'eau ;
et presque tous les Egyptiens que nous avions amenés

avec nous pour notre service, désertèrent; ne pouvant supporter ce climat : tous tremblaient de froid comme s'il eût gelé bien fort.

De Gaza, nous arrivâmes, par des chemins affreux, à travers des terres grasses, nouvellement labourées et noyées par les pluies, sur les ruines d'Azote, située au sommet d'une montagne qui a la forme d'un pain de sucre. C'est là que les Philistins déposèrent l'arche d'alliance qu'ils avaient prise sur les Israélites. Des ronces et des chardons couvrent le sol de cette ancienne ville: on y trouve de bonnes citernes. Le jour suivant, qui fut encore plus pénible que le précédent, nous campâmes aux portes de Ramlé, jolie petite ville, presque toute composée de Chrétiens. Elle est à 6 lieues de Jérusalem, et dans une très-belle plaine. De cet endroit, nous nous dirigeâmes sur Jaffa, l'ancienne Joppée, fameuse dans l'écriture. C'est un mauvais port, où abordent les pèlerins qui vont visiter le saint sépulcre. La ville est assez bien bâtie, et dans une situation fort agréable. Ses environs surtout sont charmans. Enfin, nous parûmes devant Saint-Jean-d'Acre, après avoir traversé le pays des Naplousains (anciens Samaritains). La ville d'Acre, connue des anciens sous le nom de *Ptolémaïde*, n'est pas considérable; mais son port, qui est excellent, la rend commerçante et y attire un grand concours de marchands: le coton et la soie font son principal commerce. Elle est dans une plaine délicieuse, et arrosée par plusieurs rivières qui s'y rendent des montagnes voisines. Sa distance du Caire est de 120 lieues: elle est bien défendue, principalement du côté de la mer. Pour qu'une armée puisse réduire cette ville, il est presque indispensable qu'elle ait une escadre à sa disposition, non seulement pour battre les fortifications du port, mais pour

7

débarquer l'artillerie de siége nécessaire, à cause de la difficulté qu'il y a de la transporter par terre à travers les
sables mouvans du désert. Tyr, ou plutôt son ombre, est
à 8 lieues vers l'orient, sur le bord de la mer, avec un
petit port. La superbe Tyr n'est plus qu'une bourgade, où
l'on n'aperçoit que des ruines.

Le Jourdain, si fameux, n'a l'apparence d'une rivière,
que du temps de la moisson des orges, où les pluies qui
tombent alors, enflent considérablement ses eaux : il se
jette dans la mer Morte, après un cours de 50 lieues.

L'Egypte est bien barbare et bien déchue de son antique splendeur ; mais au moins la terre n'a rien perdu de
sa fertilité. Les campagnes sont toujours riantes et ani-
mées. La Palestine, au contraire, présente partout l'image
de la misère et de la tristesse : c'est un vaste cimetière où
croit une herbe haute et touffue. On ne voit que ravins,
qu'arbres sauvages et que terres incultes. Le peu qu'il y
en a de cultivées, est pillé par les Arabes, qui répandus
en grand nombre dans ces contrées, s'en regardent comme
les véritables possesseurs. Le blé est extrêmement rare en
Syrie ; aussi, quoique la population soit très-faible, la di-
sette y est-elle presque continuelle. On ne peut subsister
que par le secours de l'Egypte, ce grenier de toutes les
nations voisines. Les Syriens se nourrissent de *doura*, sorte
de grain qui croit également en Egypte. L'orge fait encore
une de leurs plus grandes ressources. Ce pays, si pauvre
d'ailleurs, est prodigieusement riche en troupeaux et en
bétail ; il y a des petits bœufs noirs, dont la chair est délicieuse : les plaines et les montagnes en sont couvertes.

Les habitans (1), sans cesse vexés et mis à contribution par les insatiables pachas, n'ont jamais connu ni

_____

(1) Ils sont la plupart Chrétiens ou Juifs : les Turcs sont en petit
nombre, et néanmoins ils font la loi.

joie, ni sécurité; ils vivent dans des alarmes continuelles,
et ne voient autour d'eux qu'opprobres ou supplices. Le
propriétaire qui aura été assez heureux pour échapper à
l'avarice vigilante d'un *aga* et aux brigandages des Bédouins, n'en est pas encore quitte. Des nuées de saute-
relles viendront dévorer ses champs; ces insectes sont le
fléau du pays, et souvent au bruit qu'ils font, vous di-
riez une armée qui fourrage.

Le sang est plus beau en Syrie qu'en Egypte; les femmes surtout sont fort blanches et fort belles; elles ne
vont pas voilées comme celles d'Egypte, c'est-à-dire, les
Chrétiennes et les Juives, car les Musulmanes observent
partout les défenses de leur loi. Les Syriennes ont conservé l'ancien costume; c'est celui de Ste. Marie et des
filles de Sion.

Le peuple de la Palestine, cette antique terre de Cha-
naâm, est doux, affable, hospitalier, intelligent et brave,
principalement les Druses et les Maronites, qui habitent
les montagnes.

Nous partîmes de St.-Jean-d'Acre, le 2 Prairial an 7,
pour retourner en Egypte, en passant par Caïffa, petite
ville, située au pied du Mont-Carmel, avec un port et
une bonne rade, à 5 lieues d'Acre. Le Mont-Carmel,
que nous traversâmes pour nous rendre à Tantoura, est
taillé à pic du côté de la mer; il est célèbre par la retraite du prophète Elie, et par un monastère de carmes
qui y est établi. On appelle une partie de cette montagne *le champ des Melons*, à cause des pierres qu'on y
trouve, qui ont la figure de *melons*. Le Mont-Carmel a
environ 25 lieues de circuit sur 5 de traverse; il est couvert d'arbrisseaux, de bocages et de garennes, remplies
de toute sorte de gibier; il y a aux environs plusieurs
villages habités par les Bédouins.

En cotoyant toujours le rivage de la mer jusqu'à Jaffa, nous vînmes camper sur les ruines de Césarée, au milieu des débris, des colonnes de marbre et de granit, qui annoncent ce que devait être autrefois cette ville: elle rappelle les temps du cruel Hérode, et la fin tragique de la belle et trop infortunée Mariamne (1). Il est impossible, pour me servir de l'expression de Cicéron, de faire un pas en Syrie, sans mettre le pied sur une histoire. Lorsque nous atteignîmes les confins de l'Asie, nous ne pûmes nous empêcher de jeter, en nous retournant, un regard de pitié sur ces tristes contrées que nous allions quitter; elles étaient alors ravagées par la peste et la famine, et gouvernées, pour surcroît de maux, par un homme sanguinaire et féroce, plus redoutable à lui seul, que tous les fléaux ensemble (2).

Cependant nous avions devant nous des sables brûlans à traverser de nouveau; la chaleur était excessive, le thermomètre montait à 44°.; il fallait faire douze lieues par jour pour arriver aux puits où se trouve un peu d'eau salée, sulfureuse et chaude. Après avoir repassé le désert avec une rapidité étonnante, nous approchâmes du Caire: ce ne fut qu'un cri de joie, dès que l'on aperçut les murs de cette grande ville. Nous avions éprouvé tant de privations dans ce voyage, que l'Egypte nous semblait une seconde patrie.

---

(1) Césarée était une place très-forte; elle fut prise et saccagée pendant la première croisade, l'an 1101. Les Chrétiens y firent un immense butin: ce furent les Génois qui y entrèrent les premiers.

(2) Ahhmed, pacha d'Acre, surnommé *Djezzar*, c'est-à-dire le boucher: la terre en est heureusement délivrée.

FIN.

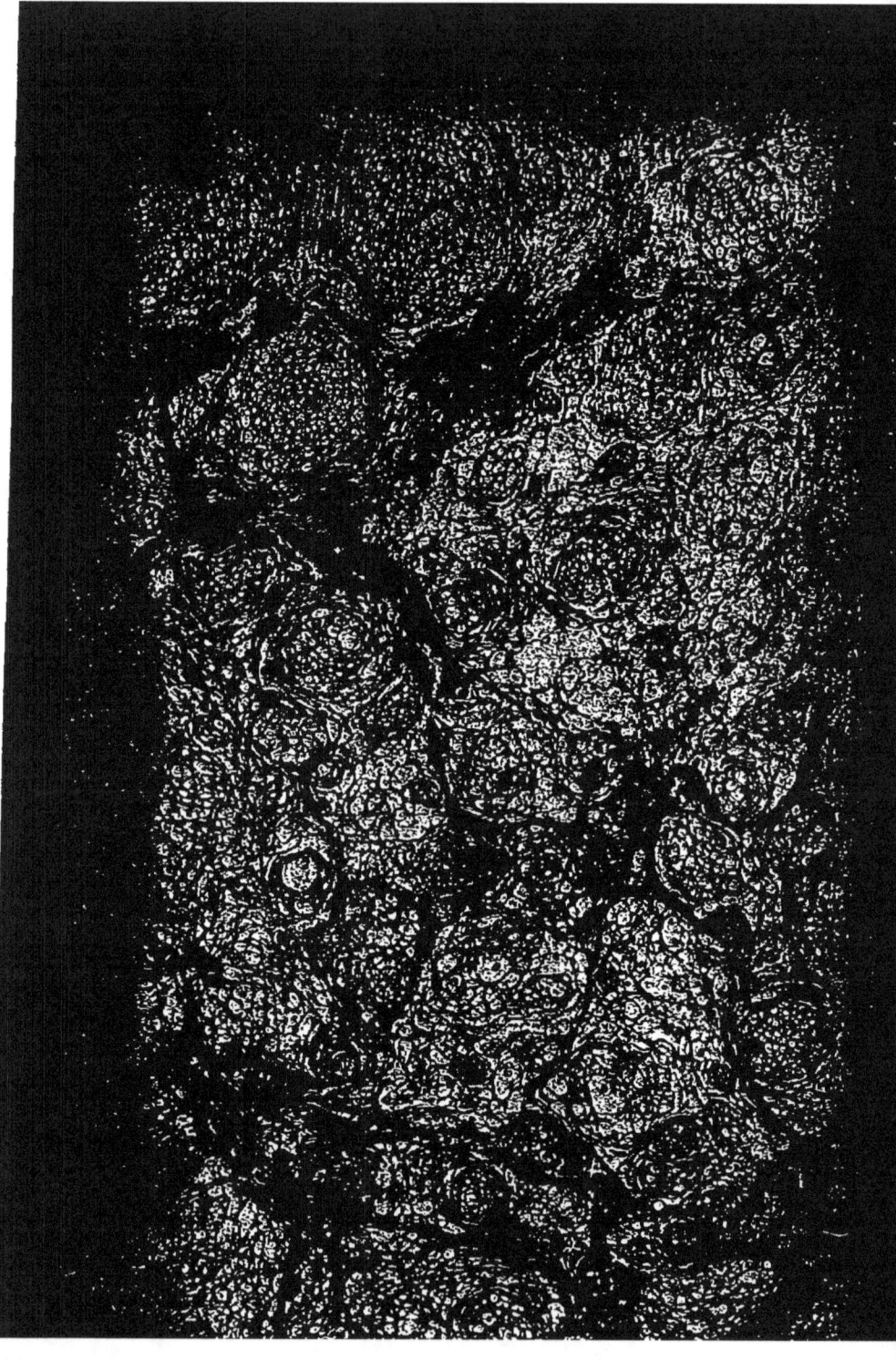

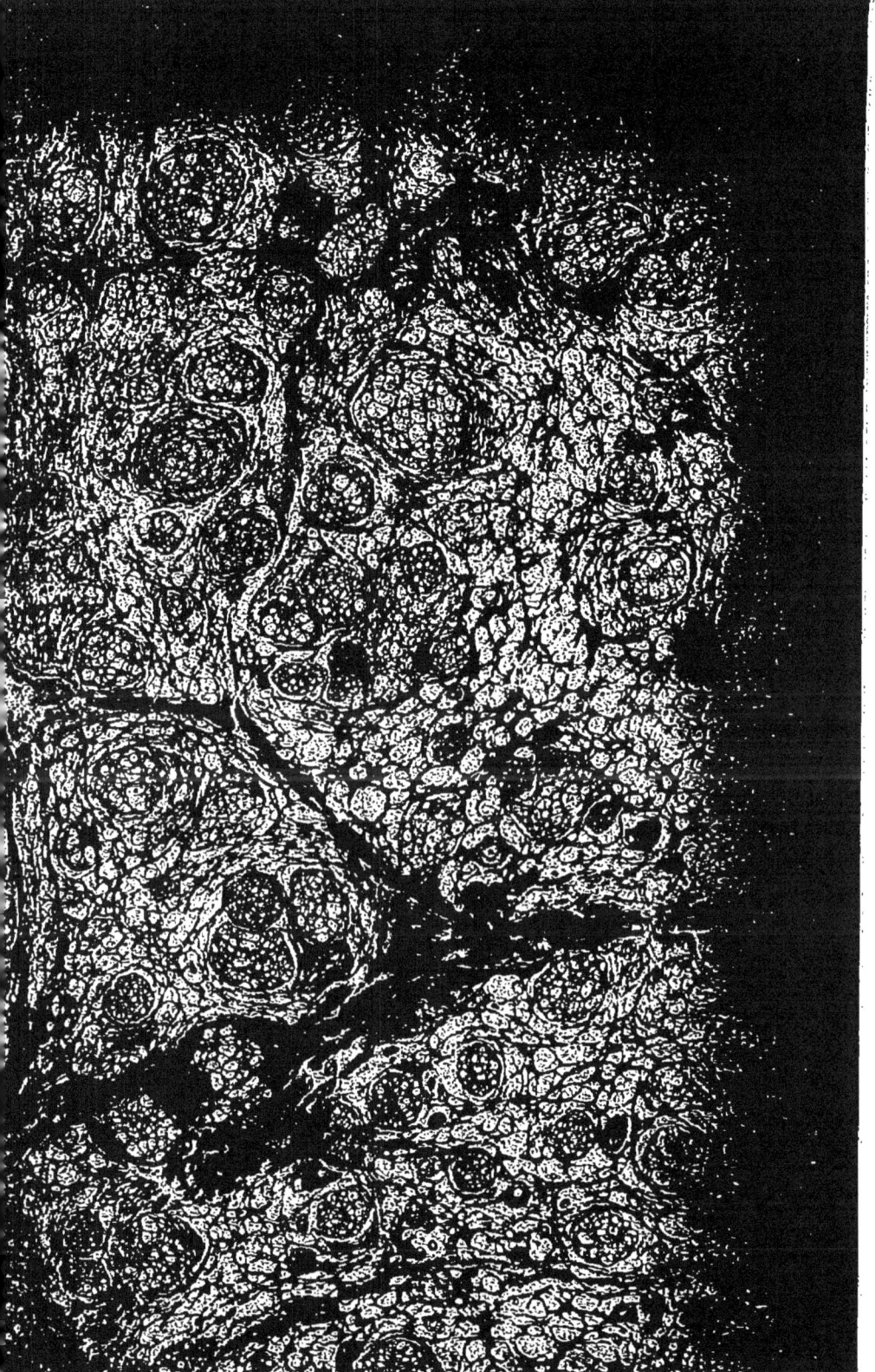